エレン・クレイジス　橋本 恵＝訳

その魔球に、まだ名はない

OUT OF LEFT FIELD

あすなろ書房

その魔球に、まだ名はない

過去と現在、未来の〈シャザム〉の
メンバーに捧《ささ》ぐ。

Out of Left Field
by Ellen Klages

イラストレーション／早川世詩男
ブックデザイン／城所潤＋大谷浩介（ジュン・キドコロ・デザイン）

1 無敵《むてき》のピッチャー、ゴードン登場！

「ゴードン！　ゴードン！」

サンフランシスコ・シールズの守り神、ゴードンがマウンドへ向かいます。九回裏《うら》、ツーアウト、ランナー二塁《るい》。さあ、あとひとり、ワンアウトで優勝《ゆうしょう》です。

「ゴードン！　ゴードン！」

観客席から、すさまじい声援《せいえん》がわきあがっております。ゴードンは二球軽く投げたあと、速球を一球ビシッと決めて、ウォーミングアップを終了《しゅうりょう》し、キャッチャーに向かってうなずきました。

さあ、いよいよ、試合再開《さいかい》です。

「待ってましたーっ！」

「いけー！　ゴードン！」

「たのむぜ、スーパー・ナックル！」

「ゴードン？　おーい、ゴードン、だいじょうぶかよ？」

空想の実況中継《じっきょうちゅうけい》が、すっと消えていく——。グラブから顔をあげると、相棒《あいぼう》のキャッチャー、ピーウィー・イシカワと目があった。

「うん、だいじょうぶ」

「どうしたんだよ、ぼんやりしちゃって」

「べつに。サインを待ってただけ」

外野から、男子の声が飛んできた。「たのむぜ、ゴードン！　さっさとしとめちまえ！」

バッター・ボックスには、やせっぽちのスティックスが、バットを肩《かた》にかつぐようにして立っている。よし、焦《じ》らしてやろう。風船ガムをゆっくりとふくらませ、片足《かたあし》で地面をこすってから、ボールの縫《ぬ》い目を指でさぐり、サインの球種にあわせてボールをにぎりなおした。

いま、うちのチームは、一点差でリードしている。さっき、マイクのお母さんが垣根越《かきねご》しに「夕飯よ！」とさけんだから、そろそろ終了《しゅうりょう》の時間だ。三振《さんしん》にしとめれば、勝って終われる。

といっても、いまの得点にはこだわらない。日が暮《く》れたり、メンバーの母親が「ご飯よ！」とさけんだりしたら、その日のゲームは終わりだが、試合は明日へつながっていく。ひと夏、エンドレスにつづくゲームといっていい。ただし、人数が完全にそろうことはない。集まるのは、たいてい九人。だからひとりをピンチヒッターに回し、四人ずつのチームに分ける。ゲームさえできれば、それでいい。

「ゴードン、フライで打ちとれ！」ピーウィーがさけんだ。

スティックスを見つめ、風船ガムをもう一度ふくらませると、足を高くあげ、ふりかぶって投げた。あざやかなスライダー。ボールはホームベース直前でスッと曲がり、スティックスが空振《からぶ》りする。

「ストライク！」ベンチからアンディがいった。腕《うで》を骨折《こっせつ》し、ギブスをはめているので、審判《しんぱん》になったのだが、なかなかデキる審判《しんぱん》だ。これまで判定《はんてい》で揉《も》めたのは一度きりだし、その時も殴《なぐ》りあいにはならなかった。

ピーウィーが高く弧《こ》を描《えが》いて返したボールが、パシッと気持ちよい音を立てて、グラブにおさまった。額《ひたい》の汗《あせ》を腕《うで》でぬぐい、ボールをにぎると、一塁《るい》のマイクをちらっと見た。盗塁《とうるい》される恐《おそ》れはなさそうだ。マイクは足が速くない。

「ゴードン、その調子。あと二球、たのむぜ！」ピーウィーがさけぶ。

「まかせて」

どうだ！　といわんばかりのストレートが、ピーウィーのグラブにすいこまれた。スティックスは、手も足も出ない。

「ストライク・ツー!」アンディがさけぶ。ピーウィーが、ボールを返してくる。

にやりとしつつ、ボールをグラブの中で転がし、盛《も》りあがった縫《ぬ》い目を手でなぞった。さあ、次はスーパー・ナックル。だれにも打てない魔球《まきゅう》だ。

息を吐《は》き、指を曲げ、ふりかぶって投げた。不規則《ふきそく》に変化するボールは、打者のフルスイングを誘《さそ》う。だがバットはボールからわずかにそれ、豪快《ごうかい》に振《ふ》ったスティックスは尻《しり》もちをつき、赤土を舞《ま》いあげた。

「ストライク・スリー!」アンディがいって、フィールドにいたメンバーは歓声《かんせい》をあげた。ベンチにいたメンバーがうめき、グラブとキャップとバットを集めはじめる。

良いゲームだった。最高の幕切《まくぎ》れだ。

背後《はいご》の外野フェンスの向こうでは、沈《しず》みゆく太陽が家々《いえいえ》の屋根に触《ふ》れつつあった。身長は一五七センチしかないのに、マウンドからホームベースまで、長く影《かげ》がのびている。その影《かげ》と同じくらい、背《せ》が高くなった気がした。

「さすがだな、ゴードン!」ふたりのメンバーが、声をかけてくれた。にやりとし、キャップをかたむけて応《こた》えた。

バックネットから、ピーウィーも声をかけてきた。「おう、やったな。明日も、投げられる？」

「もちろん」とほほえんで、グラブに拳《こぶし》を打ちつけた。いつでも、どこでも、投げてみせる。

「夕飯の時間だ。帰らなきゃ」

「うん。じゃあ、また明日」

「うん、明日な」

ひとり、またひとりと荷物をまとめて帰りはじめた。自転車の子もいれば、歩きの子もいる。ほとんどの子がゴロにとびついたせいで、スニーカーもズボンも草の汁《しる》で染《し》みになっていた。キャップからスニーカーにいたるまで、全員、赤土で汚《よご》れている。

グラブにボールを入れて脇《わき》にはさみ、水飲み場へ向かった。八月の暑い夕暮《ゆうぐ》れ時、高く噴《ふ》きあがった水は、スープのように生ぬるい。それでも、なにも飲まないよりはましだ。冷蔵庫《れいぞうこ》に冷えたソーダがあるといいな、などと思っていたら、後ろから男の人の声が聞こえた。「ゴードン？」

ふりかえると、男の人がひとり、縁石《えんせき》に乗りあげた古いオープンカーのフェンダーによりかかっていた。ブロンドのごわごわの髪《かみ》をクルーカットにして、青いポロシャツを着ている。年《ねん》齢《れい》は大学生くらい。腕《うで》はこんがりと日焼けしていて、全身、筋骨隆々《きんこつりゅうりゅう》だ。「最後の球は、すごかったな」

「どうも。決め球なんです」

「球種は、なに？」

「とくに、名前は……。ナックルとカーブのコンビネーションなんです。いちおう、ナックルとカーブの力学を用いて、投げてます。ピシッと決まったときは、気持ちいいですよ」

「だろうねえ。どうやって投げるんだい？」

「握《にぎ》りを少し変えるんです。説明しましょうか？」

「ぜひ」男の人がフェンダーから腰《こし》をあげる。

脇《わき》からグラブをとりだし、ボールを持って実演《じつえん》してみせた。「縫《ぬ》い目にこんなふうに指をかけると、回転軸《じく》の位置がずれて、抵抗《ていこう》係数が変わるんです」

「ほーう。きみのお父さんは、なにをしてるの？　ロケット工学者？」

「はい」パパには二度しか会ったことがないけれど、たしか、そうだったと思う。

「へーえ、そうなんだ……。ぼくは、よちよち歩きのころから野球をしてるんだけど、さっきの話、よくわからないなあ」

「つまりですね、ボールにあまり回転がかからないせいで、予想外の揺《ゆ》れが生じるってことです」にっと笑ってつづけた。「まだ、だれにも打たれてません」

男の人は口笛を吹《ふ》いた。「へーえ、インテリの剛腕《ごうわん》か。きみ、リトルリーグに入らないか？

ぼくはコーチなんだけど、きみのようなピッチャーはぜひ使いたい」

「ええっ、リトルリーグ？　もちろんです！」ワオ！　公式のユニフォームに、公式のグラウンド。子どもにとっては〝ビッグ〟リーグだ。「いつからですか？」

「まあまあ、待って。物事には順序《じゅんじょ》がある。きみ、年はいくつ？」

「十歳《さい》です。正確《せいかく》には、来月の半ばに、十歳《さい》になります」

「うん、問題ない。リトルリーグは、十歳《さい》から十二歳《さい》までの男子リーグなんだ。今シーズンは土曜日に終わるけど、二週間後に春シーズンの選抜試験《トライアウト》をする。きみは資格《しかく》ありだね」

「……ですよね」そう思いたい。不安な視線《しせん》を見られまいと、キャップを下に強く引っぱった。

ポーカーフェイスは苦手だ。「あの、うれしいです」垂《た》れてきた一筋《ひとすじ》の汗《あせ》をぬぐった。

「うん？　どうかした？」

あわてて、いった。「いえ。あの……シールズのことを考えてたんです。今年、優勝《ゆうしょう》するといいなと思って」本当はちがうことを考えていたのだが、だまっていれば、ばれっこない。

「散りぎわは華々《はなばな》しく、ってわけか」男の人が、こっちのジャージを指さした。「シールズがいなくなったら、それも着なくなるの？」

「いなくなる？　どういう意味ですか？」

男の人は、けげんそうに片方《かたほう》のまゆを吊《つ》りあげた。「今日の朝刊《ちょうかん》を見てないの？」

「はい。寝《ね》ている間に、ママが新聞を職場《しょくば》に持っていったんで」

「そうか。じゃあ、知らないのか」男の人は、オープンカーの前の座席《ざせき》に手をのばした。「ほら、見てごらん。来年、サンフランシスコの野球はがらっと変わる。メジャーリーグに入るんだ！　ミシシッピより西では、一番乗りだぞ！　すごいだろ？」

男の人がかかげているのは、今朝《けさ》のサンフランシスコ・クロニクル紙だった。大見出しに、黒々《くろぐろ》とこう書いてある――〈やあ！　これからは、サンフランシスコ・ジャイアンツだ〉

「えっと、あの、よくわからないんですけど。シールズは、レッドソックスの二軍ですよね。メジャーがここに進出するなら、シールズがアメリカンリーグに入るんじゃないんですか」

「うん。ぼくもそう思ってた。けれど、野球はビジネスだからね。オーナーと政治家《せいじか》が駆《か》け引きをして、こうなったんじゃないかな。なにせジャイアンツは、ニューヨークから移転《いてん》してくるわけだし」男の人は、ほおをかきながら、いった。「つまり……シールズはマイナーリーグのままってことか。まあ、このまま存続《そんぞく》すればね。球団《きゅうだん》はふたつもいらないし」

ええっ、そんな！　シールズがいなくなるなんて、ありえない。ママが生まれる前から、サンフランシスコでプレーしていたのだ。選手たちはどうなる？　アスプロモンテは？　ピアソンは？　パンプシー・グリーンは？　目に涙《なみだ》がにじんでチクチクし、ごまかすために、汗《あせ》をふくふりをして顔をぬぐった。

「あのう、そろそろ家に帰って、夕飯前に顔を洗《あら》いたいんですが」

「うん、腹《はら》ぺこだよな。大活躍《だいかつやく》だったし」男の人は、オープンカーを指さした。「きみのこと、ちょっと聞かせてもらっていいかな。すぐに終わるから」後ろの座席《ざせき》からクリップボードをとりだすと、こっちを向いて、ボールペンをカチッといわせて、もうメモをとろうとしている。

「ゴードンって呼《よ》ばれてたね。それって、名前？　苗字《みょうじ》？」

「苗字《みょうじ》です。名前は、ケイ――」まずい！　あわやというタイミングで口をつぐみ、とっさに考えた。「ケイシーです。ケイシー・ゴードン」

男の人が声をあげて笑った。「へーえ、野球選手っぽい名前だね」

名前のイニシャルはＫＣだから、ケイシーというのはウソじゃない。Ｋはキャスリン（あるいは、ケイティ。ふだんは、そう呼《よ》ばれている）、Ｃはキュリーの頭文字《かしら》だが、男子だと思いこんでいるようだから、だまっておく。

ジャージもスニーカーも泥《どろ》だらけだから、ほかの子と同じ男子に見えたのだろう。それでいい。まずはピッチングを見てもらおう。質問《しつもん》に答えるのは、そのあとだ。草野球では、それでうまくいった。ピッチングを見せてからは、女子だからといいがかりをつけるヤツはいなくなった。

「住所は？」

一瞬《いっしゅん》、ためらった。知らない人に自分の話をしてはならないと、ママから耳にタコができるほど、きつく注意されていたからだ。「あのう……それ、見せてもらってもいいですか？」

男の人がクリップボードを見せてくれた。上の方に「リトルリーグ・ベースボール」の文字が、二色の組みあわされたマークといっしょに書いてある。そこで、住所と誕生日《たんじょうび》――一九四七年九月十五日――と、自宅《じたく》の電話番号を教えてから、いった。

「相棒《あいぼう》のキャッチャーにも、用紙をもらえませんか？」もらえたら、ピーウィーはとびあがって喜ぶだろう。

「ああ、いいとも。あの子も、いいプレーをしてたね」男の人は用紙をもう一枚《まい》差しだして、いった。「選抜試験《トライアウト》は、九月十三日の金曜日、午後四時から六時まで。くわしいことは、全部ここに書いてあるから」と手元の用紙を指さし、クリップボードから外して、控《ひか》えをわたしてくれた。「お父さんが仕事を終わらせて、見に来られるといいね」

わたしは、首を振《ふ》った。「それは、ないです。アラバマにいるんで。赤んぼうのころに、両親は離婚《りこん》してるんです」

「ああ……それは、気の毒に」男の人は、両手をポケットにつっこんだ。大人が、ほかになんといっていいかわからないときに、よくやる仕草だ。「じゃあ、お兄さんが優秀《ゆうしゅう》なピッチャーなんだね。いやあ、よく仕込《しこ》んでくれたねえ。お兄さん、どこでプレーしてるの？　バークレー高校？　大学？」

わたしは、ため息をついた。つかずには、いられなかった。「兄もいません」

「ちょっと待った。あのナックルは、きみが独自《どくじ》に編《あ》みだしたの？」

「いえいえ、まさか」男の人のほうへ、顔をあげた。「ふたりの姉から教わりました」

男の人があくびでもするみたいに、あんぐりと口をあける。

吹《ふ》きだしそうになったがぐっとこらえ、半ブロックほど離《はな》れてようやく、クックックッと笑った。

2 屋根裏《やねうら》クラブと魔法《まほう》の石

自転車から飛びおり、裏口《うらぐち》の階段《かいだん》に着いた瞬間《しゅんかん》、大声をあげた。「ただいま！　ママ、ニュースよ、大ニュース！」

夏の午後、ママはいつものように、キッチンでクロスワードパズルをしているはずだ。けれど今日は姿《すがた》が見えず、キッチンテーブルに一枚《まい》のメモが置いてあった。

『ケイティへ　生協の会合に出かけます。七時までにもどる予定。ピザを買ってくるね。ママより

追伸《ついしん》　ジュールズが、帰ってきたわよ』

ジュリアナ・バーグことジュールズは、幼稚園《ようちえん》時代からの大親友だ。野球をするようになったのも、ある意味、ジュールズのおかげといっていい。ジュールズ本人は背《せ》が低くて、運動神《しん》経《けい》が鈍《にぶ》い。ピアノだけは例外で、ピアニストとしては優秀《ゆうしゅう》だが、スポーツは苦手だ。

事の発端《ほったん》は、去年の夏休み。ジュールズが日帰りのサマーキャンプに通うことになったので、平日の昼間は遊び相手がいなくなった。クラスのほかの女子は、人形遊びや縄跳《なわと》びが好きな子

ばかりで、つまらない。

そんなある日、外をぶらついていたら、同じ通りに住んでいる男子が空き地で野球をしていた。昔は缶蹴《かんけ》りをして遊んだ近所の同級生、ピーウィー・イシカワだ。缶蹴《かんけ》りは女子だろうと男子だろうと関係ないが、野球はちがう。男子の遊びと決まっている。

でも、すごくおもしろそうだ。

それから一週間、毎日空き地に通い、通りの向こうから見物した。男子はなにかとこづきあい、泥《どろ》にまみれ、強がりばかりいっていた。「おいおい、楽勝だろ！　たいしたことないぜ！」

「なんだよ、女みたいに投げやがって！」

こづきあい、泥《どろ》にまみれ、強がりをいうことなら、わたしにもできる。

野球といえば、七歳《さい》のときから毎年、誕生日《たんじょうび》にはバブスおばさんに、シールズの試合に連れていってもらっている。去年の六月からはシールズの試合をラジオで聞き、野球の用語を書きとめて、図書館の本で調べるようになった。野球の専門《せんもん》用語をおぼえれば、草野球に入れてもらえると思ったのだ。エラーをしたり、打ちそこなったりする子もいるのだから、わたしだってきっと入れる。

こうして去年の夏は、草野球を観戦し、ラジオの実況中継《じっきょうちゅうけい》を聞き、本で勉強をつづけた。我《わ》が家には野球を教えてくれる父親も兄弟もいないので、ふたりの姉をたよった。姉といっても、わたしが生まれたときにはふたりとも高校生だったので、わたしはひとりっ子のようなものだ。生まれてからずっと、ママは三人いると思っている。

上の姉のスーズは、芸術家《げいじゅつか》だ。背《せ》が高くて金髪《きんぱつ》。良い意味で、バイキングに似《に》ている。下の姉のデューイは、機械技師《ぎし》。髪《かみ》も目も黒くて、見た目はコミックのキャラクターのようだ。大人なのに、わたしより一センチほど背《せ》が低い。デューイは養女だ。

九歳《さい》の誕生日《たんじょうび》の一カ月前、スーズが裏庭《うらにわ》を野球の練習場に作りかえた。軍の余剰品《よじょうひん》のパラシュートをひとつ買ってきて、オークの木からガレージへカーテンのように吊《つ》るしてくれたのだ。こうすれば、ボールが裏庭《うらにわ》から飛びだしたり、近所の窓《まど》を割《わ》ったりすることなく、思いきり打ったり投げたりできる。ストライクゾーンを示《しめ》すために、枝《えだ》からタイヤをひとつ、吊《つ》りさげてもくれた。

デューイは図表だらけのメモ帳を一冊《さつ》くれ、回転しているボールの動き方や、その動きを変える方法を教えてくれた。けれど一週間後には、図表はいらなくなった。指と腕《うで》が、正しい動きをおぼえたのだ。

四年生に進級するころには、空き地の男子もわたしに慣《な》れてきて、レフトに立たせたり、キャッチボールをさせたり、たまに打たせてくれたりするようになった。

そして、今年の夏休み。なんとジュールズは、二カ月間、ピアノのサマースクールへ出かけてしまった。わたしは去年より数センチ背《せ》がのびて、クラスの男子の半分よりも背《せ》が高くなっていた。それにいままでは、狙《ねら》った場所にボールを投げられる。

夏休みに入って約一週間後、裏庭《うらにわ》でスライダーの練習をしていたら、近所のピーウィー・イシカワが気づいて、声をかけてきた。

「上手だな。シェームより、よっぽどうまいよ」

「あら、ありがと」

もう一球、投げた。タイヤの穴《あな》に向かってストレートだ。

「ちょっと待った。すぐにもどるから」ピーウィーは五分後にもどってきて、野球のグラブをくれた。「兄貴《あにき》が大学に進学して、家を出たからさ。それ、使っていいよ」

「えっ、いいの？」

「グラブがないと、プレーできないだろ。来いよ。空き地に行こうぜ。今週は来られないヤツが多いから、腕《うで》のいいピッチャーがいると助かるよ」

ピーウィーについていくと、空き地では五人の男子がおしゃべりしていた。

「ケイティを入れようぜ」とピーウィーがいい、わたしも「投げられるわよ」というと、六年生のトニーが「そこまで困《こま》ってないのに」といいつつ、地中に半分埋《う》まった平たい石を指さした。「じゃあ、そこの二塁《るい》に立ってろ。ボールが飛んでいったら、とってみな」

別のずんぐりした男子も口をひらいた。「へーえ、おもしれえ。どうせ転んで、えんえん泣くんだろ」

もちろん、そんなことはなかった。ボールは一回しか飛んでこなかったがキャッチし、打順が回ってきたときは、ぼてぼてのゴロだったが、ヒットを打った。翌日《よくじつ》はなにもいわずに二塁《るい》に立ったが、だれも文句《もんく》をいわなかった。

十日後、休暇《きゅうか》からもどってきた男子が、わたしを見ていった。「はあ？　なんでチアリーダーが出てるんだよ？」

すると、なんとトニーがにらみたおして、だまらせた。「うるさい！　つべこべいうな」

わたしは、にっこりした。やった、みとめられた！　もう、ただの女子じゃない。こうして八月には、堂々《どうどう》とマウンドに立つようになった。

この〝快挙《かいきょ》〟を、キャンプからもどったジュールズに早く話したい！　冷蔵庫《れいぞうこ》からソーダを一本とりだし、さっそくジュールズの家に電話した。

「ジュールズ、お帰り！　こっちに来ない？」

「うーん、そうねえ」

「えっ、だめなの？　なんで？」

「ママがね、腕《うで》によりをかけて夕食を作ってるの。でも……うん、少しなら、行けるわ。パパは六時半までもどらないし。なにかの会議を取材してるんだって」

ジュールズのパパは、新聞社に勤《つと》めている。ジュールズのママは専業主婦《せんぎょうしゅふ》で、テレビに登場する母親のようにエプロンをして料理をする。ジュールズの家は、いつもおいしそうなにおいが漂《ただよ》っている。

数分後、裏口《うらぐち》の階段《かいだん》をのぼるジュールズの足音がした。軽く挨拶《あいさつ》したあとは、まるで初対面のように沈黙《ちんもく》が流れた。ジュールズは、以前とは感じが変わっていた。日焼けして、前よりのびた黒髪《くろかみ》をおさげにしている。ジュールズも無言で、キッチンをきょろきょろと見まわした。

ジュールズの家は、いつも整理整頓《せいとん》されている。かたや我《わ》が家は、いつもぐちゃぐちゃだ。ゴミ置き場とまではいわないが、きちんとしていたためしがない。うちのママは、核化学《かくかがく》の大学教授《きょうじゅ》。平らな場所には大量の本と書類が積まれ、キッチンテーブルの半分はつねに郵便物《ゆうびんぶつ》や食料品で埋《う》まっている。

冷蔵庫《れいぞうこ》をあけて、ジュールズに声をかけた。「ソーダ、飲む？」

「うん、暑いね」ジュールズが瓶《びん》に口をつけて、ゴクゴクと飲んだ。「うわあ、おいしい！キャンプでは、安い粉末のジュースばっかり。井戸水《いどみず》に溶《と》かして飲むの。ミネラルたっぷりの水」

「ずいぶん健康的じゃない」いつものジュールズの笑顔《えがお》を見て、少しほっとした。「じゃあ、屋根裏《やねうら》に行く？」

ジュールズが瓶《びん》をかたむける手をとめ、こっちを見た。「屋根裏《やねうら》って……いつから、入れるようになったの？」

「フフッ、先月、お姉ちゃんたちが家を出てから。デューイは博士課程《かてい》を修了《しゅうりょう》して、ボストンでロボット開発にたずさわってる。スーズは市の中心部にアパートを借りて、名門女子高で美《び》術《じゅつ》の先生。ふたりとも家を出る前に、セレモニーをして、屋根裏《やねうら》をゆずってくれたの」

ジュールズが口笛を吹《ふ》いた。「へーえ、それは見なくっちゃ」

せまくて急な階段《かいだん》をのぼった。うちの屋根裏部屋《やねうらべや》は「理科実験室」兼《けん》「アトリエ」だ。奥《おく》には窓《まど》があって、二面は書棚《しょだな》で埋《う》まり、残りの一面はミニ観覧車《かんらんしゃ》や線路模型《もけい》、ピアノの鍵盤《けんばん》や鈴《すず》のついた自転車のホイールなど、大量のがらくたで雑然《ざつぜん》としている。お姉ちゃんはふたりとも、古いがらくたが大好きだった。デューイはがらくたでロボットを作り、スーズは芸術《げいじゅつ》作品を作っていた。

「ねえねえ、見てて」

ソーダを置いて、壁《かべ》につけられた黒い金属《きんぞく》ボックスをあけた。中には四つの小さなスイッチと古びたレバーがある。そのレバーを押《お》しさげると、屋根裏《やねうら》全体に光と音があふれた。鈴《すず》の音が響《ひび》き、おもちゃが回転し、小さな豆電球がぱっと灯《とも》って、〈ケイティ〉という文字が浮《う》かびあがる。ジュールズは喜んで鈴《すず》の音にあわせてとびはねた。

数分後、レバーを元にもどし、ジュールズといっしょに使いこまれたソファに腰《こし》かけた。

「すてき！　もう、いつでも、ここに上がってもいいの？」

「うん、いつでも。じつはね、わたし、屋根裏《やねうら》クラブのメンバーになったんだ」ジーンズのポケットに手をつっこみ、この一カ月、ずっと持ちあるいていた白い石をとりだした。「これ、魔法《まほう》の石なの。お姉ちゃんたちも持ってるよ。稲妻《いなずま》の模様《もよう》がついた、専用《せんよう》の箱もある」

「石の上に書いてある文字は、なに？」

「ギリシャ語。シャザム（Shazam）って書いてある。超人的《ちょうじんてき》な能力《のうりょく》を持った古代人の名前の頭《かしら》文字をとったんだって。ソロモンのS、ヘラクレスのH、アトラスのAと……あとは忘《わす》れちゃった。とにかくクラブのメンバーは、それぞれ石を持つの。なにがあろうと、ささえあう証《あかし》として」

石をポケットにしまって、ジュールズを見つめた。

「でね、ジュールズも入れてくれないかって、たのんだの……入りたければ、だけど」

「うん、入りたい」

「よかった。ただし、ひとつだけルールがあるの。女子はダメってルールが」

ジュールズが、えっ、とわたしを見つめる。

「うん、だよね。わたしも最初は、えっ、と思った。デューイによると、女の子っぽい女子はダメってことなんだって。メンバーの女子は、クモを見ても悲鳴をあげない。自分の頭で考える。つねになぜと考える。平凡《へいぼん》でいいなんて、ぜったい思っちゃダメだって」

「うん、それなら、だいじょうぶ」と、ジュールズ。

「じゃあ、決まりね」ジーンズの反対側のポケットに手を入れて、石をとりだした。「はい、これ。ジュールズが帰ってきたら、すぐにわたせるように、スーズが作ってくれたの」

「うわあ！」ジュールズは灰色《はいいろ》の石に刻《きざ》まれた文字をなでて、短パンのポケットにしまった。

「ありがとう」

また、沈黙《ちんもく》が流れた。けれどさっきとちがって、気まずくはない。おたがいだまって、ソーダを飲んだ。

ソーダを飲みおわったジュールズが、瓶《びん》を持ちあげた。「ごちそうさま。これ、下に持っていこうか？」

「えっ、もう帰っちゃうの？」

「うん、すぐにもどるって、ママに約束したから。サマースクールから帰ってきたばかりだし、いろいろとね」

手を振《ふ》ってジュールズを見送ってから、ソファにどっかり座《すわ》った。もう、ソファも屋根裏《やねうら》もわたしのもの。けれど、おさがりであることに変わりはない。わたしにとって野球は、初めての〝おさがりではないもの〟だ。

本当はそのことを、ジュールズに話したかった。野球や、わたしの夏について、聞いてもらいたかった。

3　新学期

二日後、ようやくジュールズと午後いっぱい過《す》ごせることになり、映画館《えいがかん》へ二本立ての映画《えいが》を観《み》に行った。けれど楽しかったのは、ブロンドの髪《かみ》をクルーカットにした背《せ》の高い男子に、ポップコーン売り場の列に割《わ》りこまれるまでだった。そいつはジュールズをひじで押《お》し、はずみでジュールズのズボンをコーラで汚《よご》した。しかもジュールズに罵声《ばせい》をあびせ、仲間のひとりがゲラゲラと笑った。

わたしは頭にきて、そいつのスニーカーを思いきり踏《ふ》みつけてやった。

「やってくれるじゃねえか」

そいつがすごんで、こっちへ一歩近づいた。けれど劇場《げきじょう》の支配人《しはいにん》があらわれ、腕《うで》を組み、ぎろりとにらみつけたので、結局仲間とすごすごと場内にもどっていった。

夏休みが終わり、新学期が始まった。もともと成績《せいせき》は良いし、勉強は苦にならない。苦になるのは、校則《こうそく》のほうだ。学校には、キャップをかぶって行ってはいけない。それは男子も同じだけれど、男子は女子とちがってズボンをはける。ジーンズは禁止《きんし》。スニーカーも体育館以外は禁止《きんし》。校則《こうそく》には、快適《かいてき》さのかけらもない。夏休みと同じなのは、靴下《くつした》と下着だけだ。

クロゼットをあけて、ハンガーにかかった学校用の服をながめた。とても自分のものとは思えない。三カ月前に謎《なぞ》の失踪《しっそう》をとげた、見知らぬ子の服のようだ。

「ケイティ！　あと五分よ！」ママの声が飛んできた。

ボタンのついた白いブラウスに、赤いチェックのスカートを選んだ。いざとなれば走れるように、プリーツスカートにする。新品のサドルシューズの靴《くつ》ひもをしめた。まだ真っ白で、傷《きず》ひとつなく、革《かわ》がかたくてきつい。靴《くつ》も、なにもかも、きゅうくつだ。

〝女の子らしく〟なんて、ああ、つまらない！

ママは、キッチンテーブルでコーヒーを飲んでいた。わたしを見て、「あら、似《に》あうじゃない」と、新聞を持ちあげる。「マンガ、読む？」

首を振《ふ》って、シリアルの箱を選んだ。今朝《けさ》は歯ごたえのあるシリアルがいい。ぐずぐずと食べていたら、とうとうママが裏口《うらぐち》を指さした。

「ケイティ、早く行きなさい」

「行かないって選択《せんたく》は？」容器《ようき》とコップを流しに運んだ。

「ないわね」ママがわたしのほおにキスする。「さあ、新しいことを学んでらっしゃい。今夜、話を聞かせて。夕飯はパスタにするわ」

「うん、わかった」パスタは好物だ。

裏庭《うらにわ》に出ると、ボールの入ったバケツが目にとまった。軽く投げたくて、手がウズウズする。けれど、初日から遅刻《ちこく》したくない。

ルコント小学校まで、徒歩で十分もかからない。とちゅうでジュールズと待ちあわせをしていた。一年生のときから、毎朝、いっしょに登校している。

「おはよう、ケイティ。担任《たんにん》がラナガン先生でないといいけど」

「おはよう。うん、だよね」ラナガン先生は、ピーウィーの中学生のお姉さんがドラゴンレディと名づけた体育教師《きょうし》のように、おっかない鬼教師《おにきょうし》ではない。ただ、ひたすら、退屈《たいくつ》なのだ。

ものすごく年をとっていて、生徒を赤ちゃんあつかいする。「ひょっとして、ホプキンソン先生かも」ホプキンソン先生は若《わか》くて、勉強を楽しく教えてくれる。

けれど、ジュールズは首を振《ふ》った。「夏休みに結婚《けっこん》して引っ越《こ》したって、ママがいってた」

「ありゃりゃ。じゃあ、だれが穴埋《あなう》めをするのかなあ？」

「さあ」

正面玄関《げんかん》の内側に、クラス名簿《めいぼ》が貼《は》ってあった。生徒がわっと群《むら》がっていて、数分後にようやく確認《かくにん》できた。ふう、良かった！　ラナガン先生のクラスに、わたしの名前はない。けれど、ジュールズの名前はある。

「あれ？　つまり、別々《べつべつ》ってこと？　同じクラスになれないってこと？」

「みたいね、ケイティ」

ジュールズとは、ずっと同じクラスだったのに……。わたしの名前は、ほかのクラスのところにあった。五年Ｂ組、ミスター・ハーシュバーガーのクラスだ。

「ミスターって……男の先生？」これまで、うちの学校の先生は女性《じょせい》のみ。男の人は、用務員《ようむいん》と校長だけだった。「ゲゲッ、きびしそう。ジュールズ、いっしょに帰れるよね、ね？　新しい担任《たんにん》について、報告《ほうこく》するよ」

「うん」

ラナガン先生の教室へ向かっていくジュールズを見送ってから、いちばん奥《おく》の５Ｂの教室に向かった。

教室に入ると、正面にいた男性《だんせい》がいった。「ひとまず、席について。席順は、ベルが鳴ってから決める」太い声だ。年齢《ねんれい》は、お姉ちゃんより少し上。半袖《はんそで》のシャツを着ていて、腕《うで》は筋肉《きんにく》が盛《も》りあがっている。茶色い髪《かみ》は、刈《か》りこんでいてかなり短い。

教室を見まわしてみた。どうやら、今年は学年全体をかきまぜて分けたようだ。四年生のときはちがうクラスだった子が多いし、見たことのない子もちらほらいる。半分以上は白人、あとは中国人と日本人、五人の黒人だ。

始業ベルが鳴った。

「やあ、みんな、おはよう」先生の声が最後列まで響《ひび》き、全員、そろって前を向いた。「5年B組の担任《たんにん》、ハーシュバーガーだ」と自己紹介《じこしょうかい》し、手元のクリップボードに視線《しせん》を落とした。

「じゃあ、出席をとるよ」

そして、苗字《みょうじ》のアルファベット順に席を決めた。わたしの席はピーウィーのとなりだった。

ゴードンとイシカワ、苗字《みょうじ》の頭《かしら》文字はGとI。アルファベットでも、ご近所だ。

そのあと先生は、大量の教科書を配りはじめた。国語、社会、算数、理科もある。

ハーシュバーガー先生は、教卓《きょうたく》によりかかっていった。「勉強の基本《きほん》材料は、この教科書だ。けれど実社会からも、いろいろ学べる」と、新聞をとりだした。「そこで、これから一年間、毎朝、時事問題をとりあげようと思う」

背後《はいご》から、数人の男子のうめき声があがった。

「抗議《こうぎ》は受けつけない」先生は、一歩前に出た。「このクラスの生徒には、善良《ぜんりょう》な市民になってほしい。きみたちは未成年で選挙権《せんきょけん》がないし、韓国《かんこく》で従軍《じゅうぐん》したぼくのように兵役《へいえき》にもつけない。きみたちの仕事は、広い見識《けんしき》を持つことだ」教室全体を見まわして、つづけた。「家で新聞を購読《こうどく》している子は？」

わたしもふくめ、クラスの半分以上が手をあげた。

「テレビを持っている子は？」

全員の手があがる。

「じゃあ、いいわけはなしだ。日々《ひび》のニュースに注意するように。毎朝、少なくともひとつは、議題となるネタを見つけてくるように」

すると、後ろの列から男子の声があがった。

「先生、絶好《ぜっこう》のニュースがあります。サンフランシスコに、ついに、本物の野球チームが来るんです！」

本物って、なによ？　シールズを擁護《ようご》しようと手をあげかけたが、ハーシュバーガー先生が咳《せき》ばらいをしていった。

「うん、わかった。きみたちにとって、スポーツが大切なのはわかる。だが、この教室では、もっと視野《しや》を広げてほしい」

さらにうめき声があがったが、先生は無視《むし》して、サンフランシスコ・クロニクル紙をかかげた。「じゃあ、今日は先生が議題を出そう。リトルロックだ。どこにあるか、なぜそこが重要なのか、わかるかな?」

いっせいに手があがった。

「よし、それじゃあ……」先生はクリップボードを見て、「ジャニス」と指名した。

「アーカンソー州の都市です。重要なのは、融合《ゆうごう》教育のせいです」

「よろしい。じゃあ、融合《ゆうごう》教育とは?」

「あの、ええっと……」ジャニスは口ごもってから、答えた。「白人しかいない高校に、黒人の子が入学しようとしました」

「うまくいったのかな?」

「いいえ」

「それは、なぜ?」

「それは、あの――」

そのとき、黒人の女子がジャニスをさえぎって答えた。「リトルロックの住人が、黒人の子どもに石を投げ、罵声《ばせい》をあびせ、兵士を呼《よ》んだからです。銃《じゅう》を持った兵士ですよ！　しかも黒人を守るためじゃなく、入学を阻止《そし》するために呼《よ》ぶなんて。まちがってます！」

「いいだろう、シャーリー」先生は、新聞をトントンとたたいた。「フォーバス州知事は、九人の黒人学生がリトルロック・セントラル高校に入らないよう、州兵を送りこんだ」

すると、別の男子が手をあげた。「先生、法律上《ほうりつじょう》は、黒人学生が通っても問題ないんですよね」

「ああ、そうだ。最高裁判所《さいばんしょ》も、そう判断《はんだん》している」ハーシュバーガー先生は、少し間をおいて、つづけた。「州知事は、国を愛するがゆえの行動だと主張《しゅちょう》している。南部の伝統《でんとう》をこれからも守りつづけるための行動、というわけだ。この信念は、正しいのか？」

うちの学校が武装《ぶそう》した兵士にとりかこまれたら？　そう想像《そうぞう》しながら手をあげた。けれど、ちょうどそのときベルが鳴って、休み時間となった。

外に出た瞬間《しゅんかん》、男子はいっせいに芝生《しばふ》へと走っていった。女子は壁際《かべぎわ》で、縄跳《なわと》びや軽いボール遊びを始めている。ジュールズが出てくるのが見えた。二年生のときに同じクラスだったシンシアといっしょに、ブランコへ向かっていく。手を振《ふ》りかけて、やめた。ジュールズと離《はな》れているのは落ちつかないが、レースのブラウスを着たシンシアは好きじゃないし、ブランコをしたい気分でもない。

わたしは、野球がしたい。もちろん、男子が受けいれてくれるならば、という条件《じょうけん》つきだ。ここは、空き地じゃない。学校の運動場のルールは、空き地とはちがう。

ピーウィーなら味方になってくれるかも——。動きやすいプリーツスカートでよかったと思いながら、ピーウィーについていった。芝生《しばふ》の端《はし》に着くと、ふたりの男子に不思議そうな顔をされたが、気がつかないふりをした。

ふと、女だらけの職員室《しょくいんしつ》で、ハーシュバーガー先生も同じような目にあったのかな、と思った。

ホームベース代わりの石の後ろに、全員ならんだ。すると、見知らぬ子が声をあげた。

「ちょっと待った。なんでこいつがボールを持ってんの？　女だろ」

「ピッチャーだから」ピーウィーが答え、その子をにらみつけた。「おれは、おまえが一本も打てないほうに、今日の牛乳代《ぎゅうにゅうだい》をかける」

「はあ？　ふざけんなよ」

「ほら、五セント」ピーウィーが五セントを出して見せた。見知らぬ子の向こうで、草野球の仲間が必死に笑いをこらえているのが見える。

「ハッ、楽勝だな」その子も肩《かた》をすくめて五セントを出すと、こっちをにらんで腕《うで》を組んだ。

「ま、せいぜい、やってみな。腕《うで》とやらを、見せてみろ」

それならばと、手かげんせずに見せてやった。休み時間は十五分しかなく、ふつうの試合はできないので、〈ヒット・エンド・ラン〉をした。打ったボールがホームにもどる前に、一塁《るい》まで走ってもどってこられれば、ヒットとするゲームだ。そして見知らぬその子を、三振《さんしん》にしとめてやった。その子は、両方の耳から蒸気《じょうき》でも噴《ふ》きだしそうな顔をしていた。

昼休み、ピーウィーは戦利品の五セントでチョコミルクを買い、わたしにも分けてくれた。

4
13日の金曜日

毎晩《まいばん》、寝《ね》る前に、キッチンのカレンダーに小さく赤い×印をつけた。リトルリーグの選抜試験《トライアウト》までのカウントダウンだ。おばあちゃんから早めにもらった誕生《たんじょう》祝いのおこづかいで、スパイクを買ってきた。裏庭《うらにわ》で履《は》きならしていると、早くもメジャーリーガーになった気がする。

毎朝、三十分早起きして、ピッチングの練習をした。リトルリーグのマウンドとホームベースの距離《きょり》にあわせ、枝《えだ》に吊《つ》るされたタイヤからきっちり四六フィート（約一四メートル）の位置に立ち、スライダーと速球を投げた。スーパー・ナックルもくりかえし練習し、狙《ねら》った位置にほぼ投げられるようになった。これこそ、コーチを驚愕《きょうがく》させる決め球だ。

ジュールズは毎週水曜日、放課後に新しいピアノの先生にレッスンを受けることになった。さらに午後は毎日一時間、ピアノのレッスンをするので、なかなか遊べない。それでも、たいていは学校からいっしょに帰った。

「ねえ、ケイティ、男子と遊んで、楽しいの？」

「まあね、野球が好きだから。野球は、男子の遊びだし。文句《もんく》をいう子もいないし」ジュールズを見た。「ジュールズだって、夏のキャンプで、男子といっしょに演奏《えんそう》したでしょ？」

「それはそうだけど、ちがうんじゃない？　だって、オーケストラだし――」ふいにジュールズが歩道で立ちどまり、こっちを見て、うなずいた。「あっ、そっか。オーケストラも、チームみたいなものか。なるほどね」

その週は毎日、近所のピーウィーが家の手伝いのあとにやってきて、キャッチャーをしてくれた。ピーウィーのどんなサインにもこたえて、きちっと投げられた。そのあとはピーウィーの打撃《だげき》練習につきあって、ボールを投げた。ピーウィーは、パラシュートにライナーを打ちこんでいた。

選抜試験《トライアウト》前日の九月十二日、木曜日。近所のあちこちで「夕飯よ！」と子どもを呼《よ》ぶ声があがるまで、ピーウィーといっしょに練習した。

「明日、母さんが、学校の外でおれたちをひろってくれるって。三時半きっかりに」

「了解《りょうかい》！　わたしのこと、ケイシーって呼《よ》ぶようにいってくれた？」

うん、とピーウィーがうなずいた。「野球用の名前だって、いってあるよ」

その晩《ばん》は、夕飯が喉《のど》を通らなかった。緊張《きんちょう》して、お腹《なか》がゴロゴロと鳴る。ママがけげんな顔をするので、学校で算数のテストがあって疲《つか》れたのだといっておいた。テストはあったから、ウソではない。

選抜試験《トライアウト》の話は、まだママにしていない。用紙をもらった時点で話すつもりだったが、ママが会議や講義《こうぎ》で忙《いそが》しかったので、チャンスがなかった。そのあとも学校が始まって、宿題やピッチング練習に追われるうち、うっかり忘《わす》れてしまった。登下校のときや歯を磨《みが》いている最中に、ママとの会話を頭の中で何度もシミュレーションしていたので、すっかり話した気分になっていた。

今夜話すのは、さすがにぎりぎりすぎる。そもそも毎週金曜、ママは講義《こうぎ》が入っているので、選抜試験《トライアウト》に立ち会えない。ママに後ろめたい思いはさせたくないし、合格《ごうかく》を勝ちとったあとに知らせたほうが、ビッグニュースになる。

その晩《ばん》は宿題を終わらせて、さっさとベッドに入った。なかなか寝《ね》つけず、時計を見たが、そのたびに十五分しかたっていなかった。けれど、いつのまにか眠《ねむ》ったらしい。目がさめたら朝で、窓《まど》から陽光が差しこんでいた。

いよいよ、選抜試験《トライアウト》当日の朝だ。

シールルズのジャージとジーンズを紙袋《かみぶくろ》に入れて登校した。ジーンズのポケットには、シャザムの石を入れておいた。学校にはいていくスカートにはポケットがないので、ふだんは箱にしまっておくが、今日は古代ギリシャの超人《ちょうじん》の力を借りたかったのだ。ジュールズとお姉ちゃんが応援《おうえん》してくれる気がする。

授業《じゅぎょう》が、ふだんよりはるかに長く感じられた。テストでは綴《つづ》りをふたつまちがえ、イリノイ州の首都を忘《わす》れたうえ、黒板で簡単《かんたん》な掛《か》け算をミスし、「悩《なや》みごとでもあるのかい？」とハーシュバーガー先生に心配されてしまった。

午後三時十五分、よくやく終業のベルが鳴った。即座《そくざ》に立ちあがり、更衣室《こういしつ》で着がえ、午後三時二十五分には〝ゲイシー〟に変身し、ジャージ姿《すがた》にキャップ、スパイクを履《は》いて、がらんとした廊下《ろうか》に出た。

選抜試験《トライアウト》の場所は、二キロほど離《はな》れたバークリー北部の市民球場だ。迎《むか》えに来たピーウィーのお母さんのステーションワゴンの後部に座《すわ》り、グラブの中で球種にあわせてボールの縫《ぬ》い目を手でなぞった。

目的地の駐車場《ちゅうしゃじょう》には、四時前に到着《とうちゃく》した。車をおりて、あたりを見まわし、思わず口笛を吹《ふ》いた。芝《しば》は短く刈《か》られ、走路の土はならしてあり、マウンドにはプレートがある。ダグアウトも、スコアボードもある。本物の野球場だ！

同い年くらいの男子が、三十人ほど集まっていた。スパイクを履《は》いているのは、わたし以外にひとりだけ。人種はうちのクラスと同じように、大半は白人で、東洋人と黒人が数名ずつ。女子はひとりもいない。

キャップを少し引きさげ、男子っぽく見えるように、グラブに拳《こぶし》を打ちつけた。グラブは、全員が持っていた。ジャージの上下を着ている子が半分ほどで、残りはたいていTシャツとジーンズだが、野球専用《せんよう》の膝丈《ひざたけ》のズボンと縦縞《たてじま》のハイソックスを履《は》いている子がふたりいる。

一塁《るい》のそばに、クリップボードを持った男の人が五人立っていた。わたしをスカウトした、クルーカットの若《わか》い男の人もまじっている。スコアボードの時計が四時になると、首からホイッスルを下げた白髪《しらが》まじりの年配の男性《だんせい》が声を張《は》りあげた。

「じゃあ、全員、集合！」

みんながいっせいに移動《いどう》し、バックネットの前に半円形にならんだ。

「ぼくは、コーチのマーティンだ」よく通る、張《は》りのある声だ。「リトルリーグは二十年にわたって、野球をしたいすべての男子を受けいれてきた。人種も、宗教《しゅうきょう》も、民族も関係ない。民主主義《しゅぎ》そのものだ。差別はいっさい存在《そんざい》しない。能力《のうりょく》のみで選別され、チャンスは平等だ。どう思う？」

男子の半分が、ばらばらに歓声《かんせい》をあげた。

「よーし、その意気だ」マーティン・コーチは、ほほえんだ。「今日は、きみたちのランニング、投球、打撃《だげき》、守備《しゅび》を見させてもらう。それと、目には見えないものも見るぞ。スポーツマンシップとフェアプレーにもとづく、健全な闘争心《とうそうしん》だ」ほかのコーチも、いっせいにうんうんとうなずく。「成功するかどうかは、熱意と自制心《じせいしん》にかかっている。あとは、もちろん、一にも二にも練習だ！」と、手に拳《こぶし》を打ちつけた。「さあ、野球をしたい者は？」

今度は、わたしもふくめて全員が歓声《かんせい》をあげた。

「うん、それを聞きたかったんだ」マーティン・コーチは、クリップボードをトントンとたたいて、つづけた。「今日のテストで諸君《しょくん》をしっかり見るために、これから四つのグループに分ける」

わたしは、第四グループになった。同じグループの六人の男子を見て、口元がゆるんだ。六人のうち五人は、わたしより背《せ》が低い。

第四グループは、あのクルーカットの若《わか》い男の人――デイブ・コーチ――の背後《はいご》にならんだ。ライトに向かうデイブ・コーチに、全員、子ガモのようについていった。

まずはランニングのテストで、一〇〇ヤード（約九一メートル）をダッシュすることになった。

「スタートラインに立って、名前をいうこと。ホイッスルを吹《ふ》いたら、スタートだ」デイブ・コーチが説明し、ストップウォッチをかかげた。「きみたちのタイムを記録する」

順番がまわってきたので、スタートラインに立って、名前をいった。「ケイシー。ケイシー・ゴードンです」何度も練習してきたので、本名のようにすらすらと口をついて出た。

タイムは、十二秒五〇。わたしより速い男子はふたりいた。最速はスイフティという子で、十一秒ジャスト。次点は背《せ》の高いケビンという子で、十二秒〇二だ。

次のバッティングテストでは、バークレー高校のジャージを着た男子がボールをトスした。わたしは四球中、二球をヒットした。ゴロのヒットと二塁《るい》オーバーのライナーだ。スイフティは、三球をホームラン。フェンス越《ご》えのホームランだ。ケビンは二球をヒット。一球は、たぶんホームランだろう。

水分補給《ほきゅう》のため、五分間の休憩《きゅうけい》をはさんで、フィールドに出た。今度は守備《しゅび》のテストで、ひとりずつノックを受ける。じつは守備《しゅび》は苦手で、速いゴロをトンネルし、フライを落としたが、残り二球はつづけて捕《と》れた。ケビンが特大のフライを捕《と》りそこね、ゴロでもミスするのを見て、にんまりしそうになるのを必死にこらえた。

男子は額《ひたい》の汗《あせ》をぬぐおうとキャップを脱《ぬ》いだけれど、わたしは脱《ぬ》がなかった。いかにも女子っぽいプレーはしてないし、髪《かみ》はかなりショートだが、クルーカットではない。

そのあと、デイブ・コーチについてマウンドに向かった。「じゃあ、次はピッチングを見せてもらおう」

心臓《しんぞう》がトクンと小さく跳《は》ねた。思わず笑《え》みがこぼれる。ようやく、見せ場が来た！

5 その魔球《まきゅう》に、まだ名はない

デイブ・コーチがマウンドに立って、外野の芝《しば》の端《はし》に設置《せっち》された二本の高い支柱《しちゅう》を指した。

「あそこまで、距離《きょり》はきっちり四六フィートある」

支柱《しちゅう》の間にはストライクゾーンにあわせ、四本のロープが四角く張《は》ってあった。背後《はいご》には、バックネットがわりのベニヤ板が立ててある。

「ひとりずつ、マウンドに立って、ウォームアップのピッチングをしてくれ。投げたら、列の最後尾《さいこうび》につくこと。全員ウォームアップが終わったら、ひとりずつまずはストレートから見せてもらう。ひとり四球ずつだ」デイブ・コーチはそういうと、ボールが大量につまった洗濯用《せんたくよう》のたらいを靴《くつ》で軽く蹴《け》った。「なにか質問《しつもん》は?」

「スピードは、どうやって測《はか》るんですか? スピードガンがあるんですか?」レッドソックスのジャージを着た、赤毛のやせた子が質問《しつもん》した。

「いや。ぼくが左側の柱の横に立って、コントロールをチェックし、バックネットの板に当たる音を聞かせてもらう。選抜試験《トライアウト》だからな。ロケット工学じゃない」と、デイブ・コーチがわたしをまっすぐ見て、にやっとする。

あっ、おぼえてくれている！　良い兆しだと思いたい。

わたしは最後からふたり目だったので、ほかの子をじっくりと観察した。そして、何人合格《ごうかく》させる気なのかわからなかったので、同じ組の男子をひそかにランク付けした。どうやら、ライバルになりそうなのは、ふたりだけ。スイフティとケビンだけだ。

ケビンには、どこで会ったか思いだせないが、見おぼえがあった。左腕《さわん》で、四球とも剛速球《ごうそっきゅう》だ。ベニヤ板に当たった球が、爆発音《ばくはつおん》のようなすさまじい音を立てた。

「ストライク・フォー！」デイブ・コーチが、声をあげて笑った。「いい球だ。じつにいい」

「ありがとうございます、コーチ」と、ケビンがグラブに拳《こぶし》を打ちつける。

デイブ・コーチが声を張《は》りあげた。「じゃあ、次。ゴードン！」

ボールをひとつひろい、手になじむまでグラブの中で転がしながら、マウンドに立った。グラブを顔の前で構《かま》え、左足を高く上げて、投げる。ボールはストライクゾーンの真ん中を通過《つうか》し、ベニヤ板をビシッと直撃《ちょくげき》した。

もう一球投げたあと、デイブ・コーチがいった。「次は外角で。いいかな？」

「はい」握《にぎ》りを調整し、左側のロープが振動《しんどう》するくらい、すれすれのコースに投げた。つづいて、右サイドにも投げた。

「すごいぞ！　すばらしい」デイブ・コーチがほめてくれた。

次は、各自が決め球を見せる番となった。

スイフティが投げたスライダーもキレがあったが、ケビンが投げた二球のシンカーは、申し分のない見事な球だった。ケビンは、ぜったい合格《ごうかく》だ。デイブ・コーチがもうひとり、ピッチャーを選ぶことを望むしかない。

「じゃあ、次。ゴードン」

呼《よ》ばれて、ボールをひろい、マウンドに立った。「とくに名前のない決め球です。強《し》いていえば、ナックルの一種です」

「ああ、あれだね」

「はい」

一瞬《いっしゅん》、目をつぶって、裏庭《うらにわ》のタイヤを思いうかべ、深呼吸《しんこきゅう》して投げた。ほぼ無回転の球はわずかに上下するだけで、宙《ちゅう》に浮《う》いているように見える。球はストライクゾーンの低目ぎりぎりを通過《つうか》し、おとなしい音でベニヤ板にぶつかった。

背後《はいご》で、ふたりの男子がヒューッと口笛を吹《ふ》く。

「うわっ、すげえ!」デイブ・コーチが、ウソだろといわんばかりに首を振《ふ》った。「あっ、いや、失礼。いまのは、じつに……ユニークだ」と、わたしを見た。「もう一回、いいかな?」

「もちろんです」

次の球もわずかに上下しながら宙《ちゅう》に浮《う》き、まったく同じ場所を通過《つうか》して、さっきよりは強くベニヤ板を直撃《ちょくげき》した。デイブ・コーチの合図でさらに二球、右へカーブする球と、ど真ん中の球を投げた。

「すごいな。すごいぞ、本当に」と、デイブ・コーチが用紙になにか書きこむ。

この瞬間《しゅんかん》、合格《ごうかく》を確信《かくしん》した。数人の男子の視線《しせん》を感じる。ケビンが、しかめ面《つら》でこっち見ていた。敵意《てきい》むきだしではないが、親しみもない。

デイブ・コーチがホイッスルを吹《ふ》いて選抜試験《トライアウト》の終了《しゅうりょう》を告げたときは、これ以上ないくらい、疲《つか》れきっていた。草野球ではもっと長い時間やっているゲームもあるが、ゲームなら出番のないときに休める。汗《あせ》が背中《せなか》を伝い、渇《かわ》ききった喉《のど》がヒリヒリする。

そのとき、別のホイッスルが鳴り、「みんな、聞いてくれ」とマーティン・コーチが、コーチ陣《じん》を代表して声をあげた。「協議をするので、十分間の休憩《きゅうけい》とする」と、ベンチのほうを指した。「あそこにレモネードを用意してある。お母さん方からのクッキーの差し入れもあるぞ」全員が、歓声《かんせい》をあげた。「自由に食べてくれ。ごほうびだ。みんな、よくがんばった」

ほかの男子にまじって移動《いどう》するとちゅう、ピーウィーを見つけた。レモネードを二杯《はい》がぶ飲みし、バタークッキーを一枚《まい》食べてようやく、ピーウィーと話すよゆうができた。周囲では、男子が寝《ね》そべったり、芝《しば》に座《すわ》りこんだりしている。うめいている子も数人いた。

「よお、どうだった？」先にピーウィーが声をかけてきた。

「まあまあかな。ゴロを捕《と》りそこねて、チェンジアップを三振《さんしん》したけど、ナックルはばっちり決まった。そっちは？」

「守備《しゅび》はバッチリだな。バッティングも、ライナーでフェンス越《ご》えさせた。けどさ……」と顔をしかめた。「おれ、やっぱ、ピッチングはぜんぜんダメだ。もし入団《にゅうだん》できなかったら、どうなるんだろう？」

「二軍に入るんだよ」と、そばにいた太めの男子が答えた。「二軍にも公式戦はあるよ。プリントTシャツとキャップだけで、ユニフォームはないけど。うちの兄貴《あにき》が一年間、二軍にいたんだ。そのあと、昇格《しょうかく》したけどね。二軍も悪くないよ」本気でいっているとは思えない口ぶりだった。

わたしもピーウィーも、コーチのほうを見た。コーチ陣《じん》は観覧席《かんらんせき》の最前列で頭をよせあい、クリップボードにペンを打ちつけながら、話しあっている。一分後、うなずきあい、代表のマーティン・コーチが立ちあがった。

「みんな！　聞いてくれ」

全員そろって、コーチのほうを向いた。

「これから名前を読みあげる。呼《よ》ばれた者は、三塁《るい》のデイブ・コーチのほうへ行ってくれ」

コーチがクリップボードを見て、名前を次々《つぎつぎ》と読みあげた。「アンダーセン。ベイカー。ボーデル。ダニエルズ……」

息をつめて、じっと待つ――。「ゴードン」

ようやく、フーッと息を吐《は》いた。三塁《るい》に向かうとちゅう、「イシカワ」とピーウィーが呼《よ》ばれるのが聞こえた。ピーウィーがこっちを見て、やったぜ、と親指を立てる。呼《よ》ばれたメンバーが合格《ごうかく》かどうかはわからなかったが、すでにケビンが呼《よ》ばれているし、一分後にスイフティも呼《よ》ばれたので、きっとこっちが合格《ごうかく》メンバーだ。

結局、デイブ・コーチの元には十四人が集まった。

「みんな、おめでとう。合格《ごうかく》だ！」といわれ、全員で喜びの声をあげた。

「よーし、聞いてくれ」と、デイブ・コーチがつづけた。「来週、土曜日の正午に、今シーズン活躍《かつやく》したレギュラー陣《じん》と練習試合を組む。参加したければ、親の同意書をもらってきてくれ」ルールブックと同意書が配られたあと、デイブ・コーチがわたしを指さした。「ゴードン、先発投手として、一回か二回、投げてくれ」

「はい！」にこにこしすぎて、顔の皮が引きつれた。ふわふわと宙《ちゅう》に浮《う》いている気がする。空を飛んでいる気分だ。

今度は、ケビンに思いきりにらまれた。「おまえの顔、見おぼえがあるな。どこの学校だ？」

「ルコント」

「ふーん。おれは、エマーソンだ」特別な学校のようにいうけれど、小学校であることに変わりはない。

家に帰るとちゅう、ピーウィーのお母さんがお祝いにアイスクリームサンデーをごちそうしてくれた。わたしもピーウィーも、晴れてリトルリーグの選手だ！

6 シールズよ、永遠《えいえん》なれ

ビッグニュースを早く知らせたかったが、ママは友だちと夕飯に出かけていた。しかたなくサンドイッチを作って、ラジオの野球中継《ちゅうけい》を聞いた。サンフランシスコ・シールズはサクラメント・ソロンズに勝利して、パシフィック・コーストリーグの一九五七年のチャンピオンになった。

といってもジャイアンツが移転《いてん》してくるので、あまり意味はなかった。

十五日の日曜日はわたしの誕生日《たんじょうび》なので、前日の土曜日にジュールズが泊《と》まりに来てくれた。十歳《さい》の誕生日《たんじょうび》の朝、ママがシロップを添《そ》えたパンケーキとベーコンを焼いてくれ、朝食の席でプレゼントをあけた。スーズからのプレゼントは、お手製《てせい》の野球カードだった。わたしの写真と架空《かくう》のデータを載《の》せた、〝ケイティ・ゴードン選手〟のカードだ。うん、いい、気に入った！　デューイからのプレゼントは、テッド・ウィリアムズのサイン入りの、レッド・ソックスのペナント。ママは、プラスチックのフリスビーをくれた。

最後に、パパからのプレゼントをあけた。ピンク色の包装紙《ほうそうし》に包まれている。形からすると、本らしい。本なら、悪くないかも——。パパは誕生日《たんじょうび》とクリスマスにはかならずプレゼントをくれるが、わたしが大きくなるにつれて、好みでないものを送ってくるようになった。結局、今年のプレゼントも大外れだった。本の題名は、『女の子のための、初めての料理』。せっかくなので、ぱらぱらとめくったが、ママでさえ、あきれた顔をしていた。

最高のプレゼントは、バブスおばさんからのものだった。毎年、おばさんは、市内で行われるシールズの試合に連れていってくれる。今日は同じ日に同じ球場で二試合が行われるダブルヘッダーで、ジュールズにもつきあってもらった。ジュールズは野球には関心がなかったが、音楽と同じくらい算数が大好きなので、数学の教授《きょうじゅ》のバブスおばさんのことも大好きだった。しかもジュールズのお母さんはヘルシーな料理しか作らないが、バブスおばさんは、たのめばいくらでもコーラとホットドッグを買ってくれる。

シールズの本拠地《ほんきょち》、シールズ・スタジアム。わたしにとっては、野球の聖地《せいち》。古代神殿《しんでん》のような存在《そんざい》だ。

新聞によると、ジャイアンツはサンフランシスコの南部にスタジアムを新設《しんせつ》して、一九五九年のシーズンから使うらしい。なぜ、わざわざ建設《けんせつ》するのだろう？　駐車場《ちゅうしゃじょう》を増《ふ》やすため？

それさえなければ、シールズ・スタジアムで十分なのに。

ジュールズとふたりで待っていると、バブスおばさんが人ごみをかきわけてあらわれた。

「ごめんね、遅《おそ》くなっちゃって」わたしをハグし、ジュールズのほおをなでた。「今日のゲームは、ぜったい、市民がこぞって観《み》に来るわよ」

バブスおばさんが三人分のチケットを案内嬢《じょう》に見せ、席の場所を教えてもらった。三塁《さんるい》側、シールズのダグアウトのすぐ後ろだ。ストレッチやウォーミングアップ中の選手の話し声やつぶやきが聞こえるくらい近い。

席に着くと、プログラムの上にグラブを置いて、深呼吸《しんこきゅう》した。芝《しば》とポップコーンの香《かお》りがする。おばさんが、きんきんに冷えたコーラと、マスタードをかけたホットドッグを買ってくれた。おばさんは、ビールをちびちびと飲んでいる。

やがて雑音《ざつおん》とともにスピーカーのスイッチが入り、スターティングメンバーを告げるアナウンサーの声が観客席に響《ひび》きわたった。

「サンフランシスコ・シールズ、一番、ライト、アルビー・ピアソン！」

選手の名がアナウンスされるたびに、観客がどよめく。

アナウンスが終わると、審判《しんぱん》が「プレーボール！」とさけび、対戦相手サクラメント・ソロンズのバッターが打席に立った。シールズのピッチャーは、ジャック・スプリング。わたしは、その一挙手一投足に目を凝《こ》らした。ジャックの仕草や投げ方を見きわめようと、グラブをはめて、ボールをにぎる。

打者が変わるたびに、おばさんはジュールズにスコアのつけ方を説明した。おばさんは教え方が上手だし、ジュールズも数学の記号に慣《な》れていたので、すぐにコツを覚えた。そして三回を迎《むか》えるころには、うれしそうにスコアをつけるようになった。

「ケイティ、野球観戦が楽しいわけが、ようやくわかったわ。輝《かがや》く太陽、データ、食べ放題のホットドッグ。もう、最高の午後ね！」

本当に最高だ！　一試合目、残念ながらシールズは負けてしまったが、まあいい。すでにシールズのリーグ優勝《ゆうしょう》は決まっている。サクラメントは最下位を逃《のが》れたくて、がんばっているだけだ。快晴《かいせい》の午後、大好きなジュールズ、大好きなおばさんといっしょに、大好きな野球を観戦している。しかも、今日はわたしの誕生日《たんじょうび》。大満足だ！

二試合目が始まる前の休憩《きゅうけい》時間に、バブスおばさんとジュールズはトイレと土産物屋《みやげものや》に行き、わたしはボールにシールズの三選手のサインをもらった。濃紺《のうこん》のサインは、ボールの白い革《かわ》と赤い縫《ぬ》い目によく映《は》えた。そのあと、スーツやユニフォームを着た男性《だんせい》がかわるがわるスピーチをしはじめた。ジュールズとバブスおばさんは、コーラとビール、ホットドッグとキャラメルポップコーンを抱《かか》えてもどってきた。

二試合目が始まり、選手が位置についた。すると、スターティングメンバーを記録していたバブスおばさんが、とちゅうで手をとめた。「ええっ、なに?」

見れば、シールズのマネージャーが二塁《るい》に立っていた。ピッチャーのアルビー・ピアソンはマウンドではなく、ライトにいる。いつもの守備《しゅび》位置にいる選手は、ひとりもいない。

二試合目は、世にも不思議なゲームとなった。アルビー・ピアソンは、少なくとも一回は、すべてのポジションについた。マネージャーはピッチャーになり、審判《しんぱん》と揉《も》めに揉《も》め、ホームベースに突進《とっしん》し、怒鳴《どな》りちらした。すると審判《しんぱん》がプロテクターを外し、マウンドに向かい、マスクをはめたスーツ姿《すがた》でピッチャーをつとめた。さらにあろうことか、対戦チームのマネージャーが代走に出た。この数々《かずかず》の珍《ちん》プレーに、観客はアナウンスがかき消されるほど、大いに沸《わ》いた。

試合終了《しゅうりょう》後、観客はすぐには立ち去らなかった。スタジアムにいる一万六千人以上の観客が総立《そうだ》ちになって、五分間、シールズに拍手《はくしゅ》しつづけた。今日の試合や、優勝《ゆうしょう》したことに拍手《はくしゅ》したのではない。五十年以上にわたって、サンフランシスコの地元チームでいてくれたことへの、感謝《かんしゃ》の拍手《はくしゅ》だ。

やがて拍手《はくしゅ》がやんだ。観客が次々《つぎつぎ》とグランドにおりていって、選手と握手《あくしゅ》をかわし、センターゲートへと向かっていく。

わたしは座《すわ》ったまま、引いていく人の波をながめていた。膝《ひざ》にのせた紙袋《かみぶくろ》には、シールズの新品のジャージと、サインボールと、ジュールズが買ってくれた赤いフェルトのペナントが入っている。わたしのチーム、大切なシールズのお土産《みやげ》だ。それも、これからは形見となる。今日をもって、サンフランシスコ・シールズは歴史の幕《まく》を閉《と》じるのだ。

来年は、ここでジャイアンツがプレーする。サンフランシスコ・ジャイアンツ？　しっくりこなくて、舌《した》を嚙《か》みそうになる。サンフランシスコ・シールズのほうがはるかに自然だし、しっくりくる——。

一筋《ひとすじ》の涙《なみだ》が、ほおを伝った。涙《なみだ》を袖《そで》でぬぐっていたら、ジュールズがハンカチを貸《か》してくれた。

「メジャーリーグのチームが来てくれて、喜んでるのかと思ってた」ジュールズは、とまどった顔をしていた。

「シールズと入れ替《か》わりじゃ、うれしくないよ。シールズに昇格《しょうかく》してほしかった」

バブスおばさんが、ため息をついた。「まあね、ケイティ、一時代の終わりね。わたしも、いまだに頭がついていかないわ。なにせケイティくらいの年のころから、シールズの試合に一喜一憂《いっきいちゆう》してきたからねえ。初観戦は一九一五年。この球場ができたのは、大学院生のころだった。ジョー・ディマジオのプレーが見たくて、微積分《びせきぶん》の授業《じゅぎょう》をさぼったのを、いまだにおぼえてるわ。そう、ここで観《み》たの。そんな伝統《でんとう》を、だれが忘《わす》れられるものですか」

「そうだったんですか」ジュールズがわたしと腕《うで》を組み、ぎゅっと抱《だ》いて、なぐさめてくれた。

三人でグランドをつっきり、センターゲートに向かった。わたしはとちゅうで立ちどまり、最後にもう一度、緑の座席《ざせき》や、風にはためく旗、縦縞模様《たてじまもよう》のクッションを目に焼きつけた。

一九五七年は、大変動の年となった。お姉ちゃんたちが家を出て、クラス替《が》えがあり、しかもシールズがいなくなったのだ。

「行け行け、シールズ」

そっとつぶやき、キャップをかたむけて挨拶《あいさつ》し、球場をあとにした。

7 ケイシーは、ルール違反《いはん》？

その週は、登校しても上の空だった。土曜日のリトルリーグの練習試合のことしか、考えられない。ベルが鳴ると、家に飛んで帰ってすぐに着がえ、目をつぶってもタイヤのストライクゾーンに投げられるようになるまで、あらゆる球種を練習した。火曜日と水曜日にはピーウィーが来て、キャッチャーになってくれた。木曜日にはようやく人数がそろったので、空き地でゲームをした。本物のスタジアムを見たあとだと、空き地はとてもせまく感じられた。野球のまねごとでもしている気分だ。来年の四月には、ユニフォームを着て、本物のマウンドに立ち、わたしと同じくらい実力のある選手と戦ってみせる！

暗くなってきたので、家に帰ることにした。スパイクの感覚が心地《ここち》よい。ちょっぴり背《せ》が高くなった気がする。二日後には練習試合で先発投手をつとめると思うと、心の底からわくわくする。

夕飯はミートローフと、マッシュポテトと、アップルパイだった。今週初めて会議も午後の講義《こうぎ》もなかったので、アップルパイはベーカリーで買ってきたけれど、あとはママが家で料理してくれた。夕飯ができるまで、ダイニングテーブルで算数の宿題をしていると、電話が鳴った。壁掛《かべか》けの電話をママがとる音がする。

「もしもし。ええ、ゴードンです。いえ、夫はいませんが……」しばらく、間があいた。「あのう、どちらさまですか？」

ん？　エンピツを置いて、耳をすました。

「まあ、そうですか」また間があいたあと、ママがふだんはぜったいにしない、ウソをつくという行動に出た。「申しわけないんですが、ちょうど食事を始めたところなんです。かけ直しますので、番号を教えていただけます？」電話のそばのメモに、走り書きする音がする。「わかりました。では、十五分後に」

ママが電話を切り、不思議そうな顔でダイニングの入り口に立った。

「ねえ、ケイティ、デイブ・ジュリアンっていう男の人、知ってる？」

「ううん、そんな人……あっ」デイブ・コーチの苗字《みょうじ》って、なんだっけ？「たぶん、知ってる。なんで？」

「なんか、問題があるそうなのよ。うちの〝息子《むすこ》〟のケイシーに、野球のことで。なにかいいたいことが、あるんじゃない？」

「ええっとね、野球チームの選抜試験《トライアウト》を受けたの」わたしは肩《かた》をすくめ、なんでもないことのように報告《ほうこく》した。けれど、声がかすかに震《ふる》えているのが自分でもわかる。

「学校のチーム？」

「ううん。もっとすごいの。三週間くらい前に、空き地でわたしのプレーをデイブって人が見たの。コーチでね。すごくほめてくれたんだ」書類の山をがさごそとかきわけて、同意書を見つけた。「はい、これ。書いておいたから、サインだけして。ママにちゃんと話したよね」

こっちは報告済《ほうこくず》みで、ママが忘《わす》れただけ、という口調でいってみた。

ママが片方《かたほう》のまゆを吊《つ》りあげる。「聞いてないけど」

たしかに、話してない。話すつもりだったけど、ママは会議に追われていたし、こっちも宿題に追われていて、話しそこねた。

ママが同意書に視線《しせん》を落とした。「リトルリーグ？」

「うん。すごくない？　本物のチームだよ。審判《しんぱん》も、ユニフォームも、ぜーんぶそろってるの！」

「まあ、すごそう。で、コーチにケイシーって名乗ったの？」

「だって、イニシャルはＫＣでしょ」

「たしかに、そう名づけた記憶《きおく》があるわ」

「イニシャルを声に出せば、ケイシーってなるじゃない？」

「ちょっと、ケイティ？」

しまった。ママがこの表情《ひょうじょう》を浮《う》かべるときは、まずい。

「ケイティ、このデイブって人は、あなたが男の子じゃないって、最初からわかっているのよね？」

「ううん……一度もきかれなかったし」

「ふうん、そういうことね」

ママはため息をついて、同意書にもう一度目を通し、ゆっくりとテーブルにもどした。

「いい、ケイティ、この同意書には、息子《むすこ》が野球をすることに同意しますか、って書いてある。息子《むすこ》よ、息子《むすこ》。わかるわよね？」

「うん、わかってる。でも、なんとかなるかなって。向こうから誘《さそ》ってきたんだし」

「ケイシーって名の男の子だと思ったから、誘《さそ》ったんでしょ」

「わたしのピッチングを見て、きみのような剛腕《ごうわん》がほしいっていったんだよ」

「そのご当人が、電話でいったのよ。ケイシーは対象外だって、ある親御《おやご》さんから苦情《くじょう》が来たんですって」

「対象外なんかじゃない！」算数の宿題に、思いきり手を打ちつけた。「剛速球《ごうそっきゅう》とナックルを投げて、一〇〇ヤードを十二秒台で走って、正々堂々《せいせいどうどう》と合格《ごうかく》したの！」

「よくがんばったわね。で、ルールブックをもらった？」

「うん。まだ、ちゃんと読んでないけど」

「ちょっと見せて」

また書類の山をかきわけて、黄色い本を見つけた。「なんで見たいの？」

「デイブによると、あなた、第三条《じょう》のG項《こう》に違反《いはん》してるんですって」

「まだプレーもしてないのに、なんでルール違反《いはん》になるのよ？」

ルールブックをぱらぱらとめくって、第三条《じょう》のG項《こう》を見つけた瞬間《しゅんかん》、世界がぴたっととまった。胸《むね》がむかむかして、吐《は》き気がする。

ルールブックをママにわたした。

「どれどれ……あら、なんてこと」

第三条《じょう》のG項《こう》は、たった一言だった——〈女子は対象外とする〉

ママが背後《はいご》から抱《だ》きしめてくれた。「かわいそうに……」

「納得《なっとく》できない！　合格《ごうかく》したのに！」声が上ずった。「男子より良いプレーをしたのに。上手だったのに……」涙《なみだ》で目がチクチクする。涙《なみだ》を押《お》しもどすいきおいで、顔をこすった。「ずるいよ！」エンピツをつかみ、ふたつにへし折った。

「ほんと、そうよね」ママが、幼《おさな》いころによくしてくれたように、髪《かみ》をなでてくれた。「デイブって人は、あなたのピッチングを見たのよね？」

「うん、リトルリーグに入らないかって誘《さそ》ってくれた」涙声《なみだごえ》になった。「選抜試験《トライアウト》でも、試験官だったんだよ」

「あなた、よほど好印象をあたえたのね」ママがティッシュをくれた。

「うん」

「ならば、もしかしたら、あなたの味方になってくれるんじゃない？」ママがほほえんで、電話番号を書いたメモをわたしてくれた。「物は試《ため》しよ」

そこで、かけてみた。「もしもし、デイブ・コーチですか？　ケイシー・ゴードンです」

「ちがうだろう。きみは、ウソをついたね」デイブ・コーチの声は、もうやさしくなかった。

「まったくのウソじゃありません」小さな声しか出なかった。「イニシャルはＫＣです」

「Kは、キャサリンか？」

「いえ。キャサリンです。なぜ、わかったんですか？」

「ケビンが、映画館《えいがかん》できみを見たそうだ。で、ケビンのお母さんがきみの学校に問いあわせて、ゴードンという名の五年生は、ケイティという名の女子しかいないことをつきとめたんだ」

思わず、受話器を落としそうになった。道理で、ケビンに見おぼえがあるはず。映画館《えいがかん》で
ジュールズにコーラをかけた、あいつだったのだ！

「ったく、あの野郎《やろう》……」といいかけて、口をつぐんだ。「あのう、コーチ、わたしのピッチングを見ましたよね？　土曜日の先発投手に指名してくれましたよね？」

「ああ、そうだよ」コーチの声は、悲しそうだった。「でも、ルールはルールだ。ルールを破《やぶ》ったチームは、リトルリーグの認可《にんか》をとり消されかねない」

「なにか手はないんですか？」

「残念だが、どうしようもない。女子にプレーさせたってばれたら、リトルリーグの四チームすべてが、球場とユニフォームとスポンサーを剝奪《はくだつ》されかねない。選手から、すべてを奪《うば》うことになるんだ。そんなことは、望まないだろう？」

かまわないわよ！　わたしから、すべて奪《うば》うんだから！　そうさけびたくて、受話器をにぎ

りしめた。「こんなの、フェアじゃないですよね？」

受話器の向こうから、嘲笑《ちょうしょう》まじりのため息が聞こえてきた。「あのねえ、ぼくが独断《どくだん》で決めていいのなら、チャンスをあたえるよ。その年齢《ねんれい》で、きみは一、二をあらそう剛腕《ごうわん》だからね。男だったら、メジャーリーグに行けたかもしれない。でもねえ……」デイブ・コーチは、言葉を切った。

一分ほど続きを待ったが、コーチがなにもいわないので、こっちからいった。

「つまり、わたしがプレーできないのは、男子じゃないから。理由は、それだけですか？」

「ああ、そうだ」ため息が聞こえてきた。「まあ、いまはがっかりしてるだろうけれど、野球なんて、すぐに忘《わす》れるさ。もう少し大人になれば、ママのようになりたいって思うようになるよ。そうだろう？」

「うちのママに会ったこと、ないですよね」少し考えてから、つづけた。「マーティン・コーチがいってましたよね。リトルリーグに、差別は存在《そんざい》しないって」

「ああ、そうだよ」

「いっさい、存在《そんざい》しないって？」

「ちょっと待った。このルールは、差別とは関係ないよ」

「そうですかね？　リトルリーグは、わたしの市民権《しみんけん》を否定《ひてい》してるじゃないですか？」ハーシュバーガー先生がここにいないのが、残念だ。

「おいおい。話がちがうだろ。リトルリーグに入れなくても、野球場に行って、試合を見られるし……。あっ、そうだ」コーチが指を鳴らす音がした。「うちのチームのマスコットになればいい。それなら――」

最後まで聞かずに電話を切り、ぼうっとつっ立っていた。怒《いか》りのあまり、皮膚《ひふ》が震《ふる》えている気がする。

ママが肩《かた》に手を置いた。「説得力のある話だったわね」

「でも、説得できなかった」

「そういうこともあるわ」

「ルールなんて、大っきらい！　これはいい、これはダメって、他人にいわれたくない！」

「ええ、わかるわ。でも、それが団体《だんたい》スポーツってものじゃない？　ルールにのっとってプレーするものでしょ？」

「まあ……そうだね」いままで考えたこともなかったが、たしかにそうだ。

ママがわたしの肩《かた》をぎゅっとつかんだ。「アップルパイでも、食べましょうよ」そして、ペろっと舌《した》を出した。「あのね、女子の行動をしばる世間のルールは、我《わ》が家ではいっさい通用しないの」と、わたしのほおをつっついた。「なんたってママは、戦時中、爆弾《ばくだん》の製造《せいぞう》にかかわったし、お姉ちゃんはふたりとも溶接《ようせつ》トーチを持ってるんだから。ケイティ、あなたも我《わ》が家の女よ。堂々《どうどう》と胸《むね》を張《は》りなさい！」

全身に、ぬくもりが広がった。ママが、世間の理想とされる母親ではなく、型破《かたやぶ》りなママで、本当に良かった――。

「ねえ、ママ、公民権《こうみんけん》運動にかかわっている人、だれか知らない？」

「知ってるわよ。法科大学院《ロースクール》の教授《きょうじゅ》で弁護士《べんごし》のボブ・オリアリー。米国自由人権《じんけん》協会にかかわってる人よ」

「その人に、今回のこと、きいてみてもらえない？」

「有力者を引きいれようってわけね。フフッ、いいじゃない。まだ、そんな遅《おそ》い時間じゃないし、電話してみるわ」

ママは長いこと、電話で話しこんでから、わたしに受話器を差しだした。

「ボブが、コーチとのことを具体的にききたいって」

「わかった」受話器を耳にあてた。「もしもし、ケイティです」

いろいろと質問《しつもん》された。ボブ・オリアリーという人は、ふつうの大人のように、話をとちゅうでさえぎる人ではなかった。ルールブックの第三条《じょう》G項《こう》を読みあげると、「それだけかい？」と、とまどった声が聞こえてきた。

念のために前後のページを確認《かくにん》してみた。「はい……そのようです」

「じつに単純明快《たんじゅんめいかい》だね。誤解《ごかい》の余地《よち》がまったくない」ため息が聞こえた。「よし、ケイティ、現段階《げんだんかい》で考えられるアドバイスをしよう。リトルリーグの本部に、理路整然とした手紙を書きなさい。きみの実力と選抜試験《トライアウト》の結果を説明し、レギュラー選手として試用期間をあたえてほしいとたのんでみるんだ」

「うまくいくと思いますか？」

「うーん……いまは、保守的《ほしゅてき》な時代だからねえ。先方は、事を荒立《あらだ》てたくないって思うかもしれない」受話器をトントンとペンでたたく音がした。「とはいえ、手紙を送っても、きみに損《そん》はない。ひょっとしたら、ひょっとするかもしれないぞ。平等なチャンスをくれというきみの訴《うった》えに、上部組織《そしき》のだれかが共感するかもしれない」

「ありがとうございます」電話を切って、ママに報告《ほうこく》した。「手紙を書いてみろって」

「そう。悪くないんじゃない？」

「まあ……そうだね」

ふてくされて、机《つくえ》につっぷしていると、しばらくして、ママが肩《かた》にそっと手を置いた。

「ねえ、明日、学校で、ぜったい外せないことはある？」

「ううん、テストもないし」つっぷしたまま、答えた。

「じゃあ、病欠の電話を入れても、問題ないわね？」

えっ？　即座《そくざ》に顔をあげた。「それって……ずる休みってこと？」

「ええ、あなたもママもね。たまには、いいわよ。朝寝坊《あさねぼう》して、外でランチをとりながら、手紙について相談しない？　良い戦術《せんじゅつ》をひねりだせるかもしれないわ」

「対リトルリーグ戦術《せんじゅつ》？」

「そのとおり。いい、ケイティ、我《わ》が家の女はやられっ放しにはならないのよ」

8

逆襲《ぎゃくしゅう》開始！

　ママと話をして、少し気が軽くなった。戦術《せんじゅつ》を立てるのは、いいことだ。ベッドに入っても、文面が浮《う》かんできて寝《ね》つけない。結局、一時間ほど寝返《ねがえ》りを打ってから、ベッドを抜《ぬ》けだした。そして稲妻《いなずま》の模様《もよう》がついた箱をあけ、白い石を手の中で転がし、刻《きざ》まれた文字をなぞった。シャザム。女の子っぽい女子はダメ。フリルの服を着たり、すぐにキャアキャアいわない女子のクラブへ、ようこそ。

　お姉ちゃんから聞いたときは、かっこいいと思った。けれど、やはり――。

　デイブ・コーチはなぜ、わたしが女の子っぽい子だと思ったりしたのだろう？　わたしのピッチングを、完全に忘《わす》れてしまったのか？　男子でないというだけで、なぜ、こうも扱《あつか》いがちがうのだろう？　女の子っぽい服は着ないし、女の子っぽい投球なんてぜったいしないのに。練習や才能《さいのう》より、パンツの中身のちがいのほうが重要なのか？

　ぜんぜん、フェアじゃない！

翌日《よくじつ》の昼時、おしゃれなレストランで、とてもおいしいハンバーガーを食べた。学校のカフェテリアより、だんぜんおいしい。ランチの席でママと手紙について話しあい、ナプキンにメモをとり、デザートを食べるころには、手紙の下書きができあがっていた。

帰宅後《きたくご》はジャージに着がえ、気合を入れて、手紙を書いた。何度も何度も書きなおし、ダイニングに書き損《そん》じの山を作ってようやく、ほぼ書きおえた。

土曜の朝、パジャマ姿《すがた》で朝食をとっていたら、ピーウィーが裏口《うらぐち》をノックした。

「あれ、まだ着がえてないの？　日が昇《のぼ》ったら、すぐに外で練習してると思ったのに」と、キャッチャーミットに拳《こぶし》を打ちつける。「外で待ってる。ウォームアップの相手をしてやるよ」

わたしは、ぼうぜんと立ちつくした。ピーウィーはまだ知らないことを、すっかり忘《わす》れていた。「わたし……クビになった」

ピーウィーはぎょっとして目を見ひらいたが、すぐに首を振《ふ》って、にやりとした。「おっと、あぶない。引っかかるところだった」

「ウソじゃないって」

「ええっ！　みんなをあんなに驚《おどろ》かせたのに？　おまえがクビなら、男子全員クビだよ」

「じつは、そこが問題なの。わたしが男子じゃないってことが」

ピーウィーに、ルールブックを見せた。あれからずっと、第三条《じょう》のページを開いたままになっている。

「はあ？　なんだよ、これ」

「でしょ」

「くだらない！　中学生よりも優秀《ゆうしゅう》なピッチャーなのに」ピーウィーからの、最高のほめ言葉だ。「なぜ、女子だってばれたんだ？」

「ケビンって子が、ばらしたの。映画館《えいがかん》で見かけたんだって」

ピーウィーが悪態《あくたい》をつく。

「でしょ。でもね、ママの知り合いの弁護士《べんごし》に相談して、リトルリーグのトップに手紙を書いてるの」と、ダイニングテーブルの上を指さした。「きちんと事情《じじょう》を説明すれば、わかってもらえると思って。それまでは――」ルールブックを椅子《いす》の上に放りなげた。「草野球チームにもどるしかないわ」

「草野球も、おもしろいだろ」

「じゃあ、今日もやらない？　ちょっと時間が早いけど、アンディがそろそろ来るだろうし……

えっ、なに？」

ピーウィーは、なんともいえない表情《ひょうじょう》をしていた。「いや、今日はちょっと……」

「なんで？」

「だってさ、その……」腕《うで》時計で時間を確認《かくにん》した。「母さんが、車で球場に送ってくれることになってるんだ」

「ええっ、練習試合に出るの？」つい大声になった。「わたしの相棒《あいぼう》なのに？　ひとりで出る気？」

「そういわれても……。もし逆《ぎゃく》の立場だとしたら、リトルリーグをあきらめられる？」

あたりまえでしょ、といいかけたが、ウソだ。たとえピーウィーが選ばれなくても、投げに行っただろう。

「……わからない。わたし、スタート地点には立ったのよ。立ったと思ったのに……ビッグチャンスだったのに……」

「おれにとっても、ビッグチャンスだよ。なあ、ゴードン、行かせてくれよ。たった一試合だし」

「これからも、試合はつづくでしょ」

「その手紙、説得力があるんだろ。きっとリトルリーグも、来年の春シーズンまでに考えなおすよ」

「もし、考えなおさなかったら？」

「そのときは、リトルリーグのトップが大バカ野郎《やろう》ってことだ」ピーウィーが、また腕《うで》時計を見た。「あのさ、おれ、そろそろ――」

「わかった。いいわよ。さっさと行けば」おもしろくなくて、つい、シッシッと追いはらう仕草をしてしまった。

ピーウィーは無言でわたしを見つめると、裏口《うらぐち》のドアをいきおいよく閉《し》めて、立ちさった。

カチカチという時計の音を聞きながら、キッチンに立ちつくす時間が、永遠《えいえん》にも感じられた。このままじっとしていれば、心の痛《いた》みもとまるかも――。

車のクラクションの音で我《われ》に返り、ダイニングにもどって、手紙の最後に一言つけくわえた――

〈女子にも夢《ゆめ》はあります〉。

三十分後、土曜日で家にいるママが、二階の書斎《しょさい》からおりてきた。「書けた？　チェックしてあげるわよ」メガネをかけて、手紙とエンピツを手に、ぶつぶつとつぶやきながら、直しを入れはじめた。これが学校のレポートだとしたら、良い点はもらえなさそうだ。

ところがエンピツを置いたママは、満面に笑《え》みを浮《う》かべていた。

「うん、とても良く書けている。すばらしい手紙よ。確固《かっこ》たる事実と、説得力のある論拠《ろんきょ》。しかも、言葉に気持ちがこもっている。こんなトリプルプレーは、至難《しなん》の業《わざ》だわ」

「へーえ、トリプルプレーなんて野球用語、知ってるんだ」

「フフッ、ママも勉強してるのよ」手紙を持って、時計をちらっと見た。「これ、書斎《しょさい》で、きれいにタイプしてあげる。そうしたら、封筒《ふうとう》に入れて、切手を貼《は》って、投函《とうかん》してらっしゃい」

「うん、わかった」膝《ひざ》をついて、書き損《そん》じの山を集めた。

二階に上がるママの足音につづき、タイプライターの音が響《ひび》く。一定の速いリズムは、屋根に当たる雨音のようだ。書き損《そん》じをかたづけ終わるころ、ママがクリーム色の紙にタイプした、大人らしい、正式な手紙をわたしてくれた。

念のため、二度、目を通した。「うん、すごくいい手紙」

「ええ、そうね」ママが万年筆のキャップを外して、差しだした。「さあ、署名《しょめい》して、封《ふう》をして、出してらっしゃい」

「えっ、いいの、万年筆？」ふだんは、ぜったい、ママの万年筆は使わせてもらえない。それが、我《わ》が家のルールだ。

「ねえ、ママ、どう署名《しょめい》したらいい？　ケイティ・ゴードン？　フルネーム？　イニシャルの

KC？　それとも、ケイシー・ゴードン？」

「そうねえ……。ママは、小切手や正式な書類には、マージョリー・W・ゴードンって署名《しょめい》するけど」

「ふうん、そうなんだ」ママの署名《しょめい》は見たことがあるけれど、くるくるっとした長いMと、最後のnしかわからない。

ちゃんと腰《こし》かけて、雑誌《ざっし》の上に手紙を置き、ハーシュバーガー先生にも合格《ごうかく》をもらえるくらい丁寧《ていねい》な筆記体で、〈キャスリン・C・ゴードン〉と署名《しょめい》した。

息を吹《ふ》きかけて、インクをしっかり乾《かわ》かしてから、手紙を折って封筒《ふうとう》に入れた。封筒《ふうとう》の表には、ママがリトルリーグ本部の住所をタイプしてくれている。封《ふう》をして、三セント切手を舐《な》めて貼《は》りつけた。舌《した》に糊《のり》がついて、ベトベトする。

郵便《ゆうびん》ポストまで持っていって投函《とうかん》すると、少しほっとした。

わたしは、きちんと真実を語った。向こうも、きちんと聞いてくれると信じたい。

9　信じられない手紙

毎日、下校すると、郵便物《ゆうびんぶつ》をチェックしたけれど、請求書《せいきゅうしょ》や雑誌《ざっし》ばかりだった。

火曜日、リトルロック高校に黒人の生徒が無事に通えるよう、アイゼンハワー大統領《だいとうりょう》が陸軍を派遣《はけん》した。この件《けん》が新聞やテレビで大々的《だいだいてき》に報道《ほうどう》されたため、時事問題の話題には事欠かなかった。

けれどそれは、わたしが待ちのぞんでいた〝時事問題〟ではなかった。

金曜日、裏口《うらぐち》から帰宅《きたく》すると、玄関《げんかん》ドアにあいている郵便《ゆうびん》の差し入れ口の下に、大量の郵便《ゆうびん》物《ぶつ》が落ちていた。その中に、待ちのぞんでいた返信があった。リトルリーグのロゴがついた、ビジネス用の白い封筒《ふうとう》だ。返事が、とても早い。ということは、わたしの主張《しゅちょう》がみとめられ、チームに復帰《ふっき》できるのかも――。

手紙をテーブルに置いた。手が震《ふる》えている。大事な手紙だ。いかにも女の子っぽい服装《ふくそう》のままあけたくはない。二階に上がり、縁起《えんぎ》をかついでシールズのジャージとジーンズに着がえた。

キャップをかぶり、グラブを脇《わき》にはさんで、鏡を見る。よし、野球選手だ！

「わたしは、野球選手。ものすごくできる選手よ」

大きな声でいい、少しでも落ちつきたくてグラブに拳《こぶし》を打ちつけ、一階におりた。

ママのペーパーナイフで、封筒《ふうとう》をあけた。手紙は二枚《にまい》。リトルリーグの正式な便箋《びんせん》だ。深呼《しんこ》吸《きゅう》して、読みはじめた。

キャスリンへ
お便りをありがとうございました。

リトルリーグのルールは、男女を問わず、すべての若者《わかもの》のためを思って、委員会が膨大《ぼうだい》な時間をかけて決めたものです。団体競技《だんたいきょうぎ》としての野球は、当初からずっと男子専用《せんよう》のスポーツであり、それはこれからも変わりません。

だからこそ、リトルリーグの選手は男子のみ、いかなる状況《じょうきょう》でも女子は対象外だと、ルールブックに明記してあるのです。

このルールには、れっきとした理由があります。第一に、野球という競《きょう》技《ぎ》には、女子には備《そな》わっていない体力や能力《のうりょく》が必要です。女子は、男子ほどの筋力《きんりょく》や反射神経《はんしゃしんけい》がありません。そのせいで、女子の繊細《せんさい》な臓器《ぞうき》に損傷《そんしょう》をあたえかねません。女子を激《はげ》しいスポーツに参加させることは、医師団《いしだん》も反対しています。

第二に、女子が参加するとチームが崩壊《ほうかい》し、試合のレベルが下がります。男子本来の闘争心《とうそうしん》が鈍《にぶ》り、選手としての未来が閉《と》ざされてしまうのです。リトルリーグでは、競争こそが少年の人格《じんかく》を形成すると信じています。そのような人格《じんかく》は、女子には必要ありません。

しかしお望みならば、リトルリーグにも女子の役割《やくわり》が多々《たた》あります。選手の母親といっしょに売店でボランティアをしたり、特別なイベントのときに球場の飾《かざ》りつけをしたり、地元チームのチアリーダーにもなれるのです。

リトルリーグは、女子を差別しているわけではありません。それどころか、保護《ほご》しているのです。そうすることで、アメリカの偉大《いだい》なる娯楽《ごらく》を守り、野球のあるべき姿《すがた》を今後も守っていくのです。

広報責任者《こうほうせきにんしゃ》　ミッチェル・K・グレイソン

もう一回、読んだ。ビリビリに引き裂《さ》いてやりたい。力まかせに丸めて、遠くに放りなげたい。仕事なんか放りだして、ママに帰ってきてほしい！

結局、手紙をキッチンテーブルに放りなげ、グラブを持って外に出た。外は肌寒《はだざむ》く、裏庭《うらにわ》には湿《しめ》った落ち葉が積もっている。

地面が丸く削《けず》れたマウンドの位置に立って、グラブをはめた。なめらかな革《かわ》が手を包みこみ、肌《はだ》になじんだ。芝《しば》と土のにおいにまじって、グラブの革《かわ》をしなやかにするワセリンのにおいが鼻をつく。自分の場所にもどってきた、という気がした。ここは裏庭《うらにわ》というだけでなく、わたしのいるべき場所。リトルリーグの広報《こうほう》にいわせれば、女子禁制《きんせい》の場所だ。

バケツからボールをひろうと、ウォームアップをはぶき、フォームもそっちのけで、渾身《こんしん》の一球をパラシュートに投げつけた。

全身が震《ふる》えていた。ボールを強く投げないと、爆発《ばくはつ》してしまいそうだ。巨大《きょだい》なパラシュートに投げつけるだけでは物足りない。なにかを派手《はで》に壊《こわ》したい。あたりを見まわし、ガレージ脇《わき》の小さな窓《まど》に目をとめた。もし命中させられたら、ガラスがガシャンと割《わ》れる。

またひとつ、ボールをにぎりしめ、窓《まど》のほうを向いた。ふりかぶり、足を上げ——。

そのとき、ボールを持つ手に別の手が重なった。

「割《わ》ったら、お小遣《こづか》いで弁償《べんしょう》よ」ママがそっといった。「それより、投げるなら、こっちになさい。ママには効《き》いたわよ」

ふりかえると、ママがパックに入った卵《たまご》を差しだした。

「卵《たまご》？」

「ええ。投げたらぜったい、割《わ》れるわよ」

ボールをとりあげられ、卵《たまご》をにぎらされた。卵《たまご》は冷たかった。とまどったけれど、ママの言葉にしたがって、オークの大木に投げつけた。卵《たまご》は気持ちの良い音を立てて割《わ》れ、幹《みき》の溝《みぞ》に黄身が垂《た》れた。

「大声を出したら、すっきりするわよ」と、また卵《たまご》をわたされた。ママは、いたって大まじめだ。

またふりかぶり、「リトルリーグのバカ野郎《やろう》！」と、いつもより大きな声を出した。卵《たまご》は、さっきより少し上の位置で割《わ》れた。

「どう？　少しは、すっきりした？」

「ううん、あんまり」

「もっと、声を出してみたら？」ママが、また卵《たまご》を差しだす。

いわれるままに、やってみた。卵《たまご》を思いきり投げつけ、大声を出すたびに少しずつ、心の怒《いか》りを吐《は》きだせた。六個目《こめ》か七個目《こめ》で、シールズを応援《おうえん》するときを上まわる、人生最大の大声をあげた。ふだんはつぶやくのもはばかられるような悪態《あくたい》を思いきりついた。

ママは「近所のいいゴシップネタね」といっただけで、また卵《たまご》を差しだした。

パックが空っぽになるころには、喉《のど》がすっかりざらついていた。卵《たまご》を投げつくしたあとは、拳《こぶし》をにぎりしめ、震《ふる》えながら立っていた。

「いらっしゃい、ケイティ」

ママに抱《だ》きかかえられ、ポーチの階段《かいだん》へ向かった。階段《かいだん》に腰《こし》かけたママが、わたしを両脚《りょうあし》の中に座《すわ》らせ、抱《だ》っこした。わたしのほおを軽くなで、頭のてっぺんにキスし、赤ちゃんをあやすように体をゆらす。

ママによりかかって、目をとじた。ママにくるまれていると、巣の中にいるみたいだ。こらえていた涙《なみだ》が一気にあふれ、声をあげてわんわん泣いた。むせび泣きがすすり泣きになったころ、汗《あせ》ばんだ手からグラブが外され、綿《めん》のハンカチをわたされた。

「手紙、読んだわ」ママがいった。

「うん……。どう思う?」

ママが立ちあがった。「背中《せなか》が寒くなってきたわ。続きはキッチンで、ココアでも飲みながらどう?」

「うん」

ママがコンロでココアを作る間、テーブルについて、手紙を手にとった。「こんなの、フェアじゃない」

「ええ、そうね」鍋《なべ》をかきまわしながら、ママがいった。「なにが〝繊細《せんさい》な臓器《ぞうき》〟よ。無知蒙《もう》昧《まい》もいいところね」声を低くし、うちの学校の校長先生のような口調でつづけた。「昔からずっと、こうしてきたのです。苦情《くじょう》は、いっさい受けつけません」食器棚《しょっきだな》をあけて、カップをとりだす。

「リトルロックの知事の態度《たいど》がまさにそれだって、ハーシュバーガー先生がいってたよ」

「あら、ドンピシャの比喩《ひゆ》ね」湯気の立っているココアのマグを差しだした。「同じ論理《ろんり》よ」

「リトルロックの黒人の生徒は、あきらめなかったんだよね？」

「ええ、そうね」

「じゃあ、わたしもリトルリーグと闘《たたか》いつづければ、いつか願いが通じるかな？」

「むずかしいところね。あれだけ説得力のある論理《ろんり》なのに、上層部《じょうそうぶ》はまったく興味《きょうみ》を持たなかったみたいだし。あなたの場合は、大統領《だいとうりょう》に軍隊を送ってくれってたのむわけにもいかないしね」

「じゃあ、ママの知り合いを雇《やと》うのは？　弁護士《べんごし》のミスター・オリアリーを雇《やと》って、裁判《さいばん》に訴《うった》えて、判事《はんじ》に命じてもらうのは？」

「そう簡単《かんたん》にはいかないわ」ママは、ため息をついた。「リトルリーグにも、おおぜいの弁護《べんご》士《し》がいるだろうし。裁判《さいばん》だって、何年かかるかわからないわよ」

「ええっ、何年も？」

「ええ。たとえあなたが勝ったとしても……正直、可能性《かのうせい》はとても低いと思うけれど、勝訴《しょうそ》の判決《はんけつ》が出るころには、あなた、リトルリーグの年齢《ねんれい》をとっくに過《す》ぎているわ」

「じゃあ、あきらめろってこと？」ショックで、小さな声しか出なかった。またしても涙《なみだ》が目ににじむ。

「ううん。そんなことは、ぜったいいわない」ママはわたしの手をなでて、つづけた。「もし頭の固い連中を訴《うった》えるなら、最後まで応援《おうえん》する。でもね……本当にそれでいいのか、まずはきちんと考えて」

「もちろん、かまわないわよ」

ストップ、とママが片手《かたて》をあげた。「まあまあ、あせらないで。行動には、かならず結果がともなうの。その点について、とことん、話しあわないとね」

「どういうこと?」

「まずは、ピザを注文するわ」ママが電話に手をのばした。「長い話になりそうだから」

10
ゴードン家の女たち

ママがペパロニピザのMサイズを一枚《まい》注文し、電話を切るのを待って、質問《しつもん》した。

「結果がともなうって、どういうこと？」

「まずはね、これから二年間、ほぼずっと、きちんとした服装《ふくそう》と靴《くつ》で、静かに座《すわ》っていられる？」

「ゲッ！　無理」

「でしょ。でも、弁護士《べんごし》と判事《はんじ》と話をするというのは、そういうことよ。放課後や夏休み、せっかく近所の子と野球ができるのに、ずっと事務所《じむしょ》や法廷《ほうてい》で過《す》ごさなければいけないの」

「うわっ、最悪」

「そう。しかも法廷《ほうてい》に入ろうとすると、見知らぬ人によってたかって罵声《ばせい》をあびせられるかもしれない」

「なぜ、そんなことをするの？」ママを見つめた。

「あなたが、現状《げんじょう》を打破《だは》しようとしているから。きちんとした女子は、そんな行動はとらないから。しかも舞台《ぶたい》は、神聖《しんせい》なる野球よ？　それを変えたいだなんて——」ママは低い声で、ドラマチックにいい放った。「おお、なんという非国民《ひこくみん》！　きみは、共産主義者《きょうさんしゅぎしゃ》かね？」

「なにそれ？　バカみたい」むっとする。

「そうね。でも、新聞の見出しを見たでしょ」

「見出しって——」ふいに、朝の時事問題の内容《ないよう》が頭をよぎった。リトルロックでは、おおぜいの住人が、『融合《ゆうごう》教育は共産主義《きょうさんしゅぎ》、黒人差別法こそ愛国教育！』というプラカードを持って、大さわぎしたのだった。「……うん」

「ね？　口でいうほど簡単《かんたん》じゃないでしょ？　じゃあ、ママの話を聞いて」

「すぐにすてきなお嬢《じょう》さんになって、野球と同じくらい楽しく縫《ぬ》い物をするようになる……なんて話じゃないでしょうね？」腕《うで》を組んで、ママをにらみつけた。

「ハハッ、まさか！　ママはね、〝すてきなお嬢《じょう》さん〟をすっ飛ばして生きてきたの。おばあちゃんにきいてごらん」冷蔵庫《れいぞうこ》からビールとコーラをとってきて、コーラをわたしてくれた。

「話っていうのは、ママの身の上話よ」

「ママが、わたしと同い年だったころの話？」

「ううん、もっとあと。四十歳《さい》だった、一九五〇年の夏のこと。お姉ちゃんはふたりとも高校生、あなたは三歳《さい》にもなっていなかったわ」

「ふうん」そんな昔の記憶《きおく》はない。「なにがあったの？」

「大学が教授《きょうじゅ》全員に、国家に忠誠《ちゅうせい》を誓《ちか》う宣誓書《せんせいしょ》への署名《しょめい》をせまった。過去《かこ》も現在《げんざい》も共産主義者《きょうさんしゅぎしゃ》ではなく、国家転覆《てんぷく》をはかる集団《しゅうだん》にも属《ぞく》していないことを宣誓《せんせい》せよ、ってね。で、わたしをふくむ数十名が拒否《きょひ》したの」

「なぜ？　昔は共産主義者《きょうさんしゅぎしゃ》だったの？」

「いいえ。でもね、ママは言論《げんろん》の自由を信じていた。思想の自由や、活動の自由もね。憲法《けんぽう》の人権規定《じんけんきてい》って、知ってる？」

「うん。ハーシュバーガー先生がよく話してる」

「すばらしい先生ね。ママはね、宣誓書《せんせいしょ》への強制的《きょうせいてき》な署名《しょめい》は人権《じんけん》の侵害《しんがい》だって、強く思ったの」

「それは、つまり、現状維持《げんじょういじ》を強制《きょうせい》しようとしてるから？」

「そのとおり」ママは、にっこりとほほえんだ。

「リトルリーグといっしょだね」

「ええ、似《に》たようなものね」

「じゃあ、ママは正しいことをしたんだよね」

「信念をつらぬくために立ちあがった、って点ではね」

「すごい！」拳《こぶし》を宙《ちゅう》につきあげた。「で、勝ったんでしょ？」

「ううん。結果がともなうっていったのは、それよ。ママは大学側に解雇《かいこ》された。署名《しょめい》を拒《こば》んだ教授《きょうじゅ》は全員、解雇《かいこ》よ」ママは、一息入れてつづけた。手が震《ふる》え、泣きそうな声になっている。

「仕事を失ったわ。研究所も機密情報《きみつじょうほう》へのアクセス権《けん》もとりあげられて、研究はストップした」

ママが、わたしの目をまっすぐ見つめた。「友だちも失ったし、結婚《けっこん》も破《は》たんした。一カ月後、あなたのパパから離婚《りこん》を申し立てられたわ」

「離婚《りこん》って……人権無視《じんけんむし》の書類に署名《しょめい》しなかったせいで？」

「パパとは、もう長いこと、うまくいってなかった。宣誓書《せんせいしょ》は、ただのきっかけよ。パパがどこで働いているか、知ってる？」

「アラバマ州のロケット開発機関でしょ」

「そう。当時はニューメキシコ州にいたんだけどね。そこでは、いまも昔も、最高機密《きみつ》プロジェクトが進行してるの。パパにとって、宣誓《せんせい》を拒否《きょひ》してブラックリスト入りした妻《つま》がいるのは、機密情報《きみつじょうほう》へのアクセス権《けん》を失いかねない事態《じたい》だった」

「パパも解雇《かいこ》されたの？」

「ううん、パパはそうなる前に手を打って、離婚《りこん》したの」

なんといったらいいかわからず、じっくりと考えてから、きいてみた。「ママは、いまも教《きょう》授《じゅ》だよね。ってことは、仕事をとりもどしたの？」

「ええ。裁判《さいばん》では、勝訴《しょうそ》したからね。でも、勝訴《しょうそ》するまで三年かかった。人生の生きがいを、三年間もとりあげられたのよ。しかもいまでも、機密《きみつ》プロジェクトには、いっさいかかわれない」ママが手をのばし、わたしの手をぎゅっとにぎった。「いい、これが結果なの」

「それでも、闘《たたか》った甲斐《かい》はあったんだよね、ね？」

「さあ、どうかしら。正直、わからないわ」

しばらく、だまっていた。大人とこのような話をするのは初めてだ。ママの話や自分のこれからについて考えすぎて、頭がズキズキしてきた。「つまり……リトルリーグ相手に闘《たたか》うのはやめろ、ってこと？」

ママは立ちあがって、わたしを抱《だ》きしめた。「あなたには、なにがあろうと、正しいと思うことをしてほしい。でもね、かわいい娘《むすめ》が傷《きず》つくのは、ぜったい見たくない」

「はっきりしない答えね」

「うん。ごめんね、ケイティ。むずかしい質問《しつもん》で、ママには――」

そのとき、玄関《げんかん》のベルが鳴った。ピザの配達だ。急にお腹《なか》が空いてきた。ママが財布《さいふ》を持って玄関《げんかん》に行き、すぐにおいしそうな香《かお》りのする箱を持ってもどってきた。

ママもわたしも一切れずつ、ピザをガツガツと食べてから、きいてみた。「ママだったら、どうする？」

「お姉ちゃんのときと同じアドバイスしかできないわ。ふたりにも何度もいったんだけどね。闘《たたか》いは選べってこと」

「どういうこと？」

「勝ち目のない闘《たたか》いは時間の無駄《むだ》ってことよ。たとえ、自分が正しいとしても」ママはピザをもう一切れつまんで、つづけた。「それにね、一口に闘《たたか》いといっても、闘《たたか》い方は千差万別《ばんべつ》よ」

「たとえば？」

「たとえば……」ママは、指をトントンとテーブルに打ちつけて、考えた。「近所の子との野球ゲームで、男子は何人くらいいる？」

指を折って、数えてみた。「レギュラーは、九人か十人かな」

「その全員が、あなたが女子で、男子と同じくらい野球ができるって、知ってるのよね」

「男子と同じくらいじゃなくて、男子より上手にだよ」

ママは声をあげて笑った。「はいはい、上手にね。つまり空き地で野球をするだけで、野球仲間の女子に対する概念《がいねん》を、すでに変えたことになるのよ」

「ふうん、まあ、そうかな」

「とっかかりにはなるわ。一度にひとりずつ、変えていくの」

「そんなの、永遠《えいえん》に時間がかかるじゃない。いま、できることはないの？」

「あなた、リトルリーグはまちがってると思う？」

「うん、もちろん！」

「じゃあ、それを証明《しょうめい》する方法を考えるのね」ママは、ゴクゴクとビールを飲んだ。「すぐには見つからないわよ。簡単《かんたん》でもない。それだけは、まちがいないわ。なにせ、お姉ちゃんたちと何度も通ってきた道だからね」

「お姉ちゃんは、野球なんてしなかったじゃない」

「そうね。でもデューイは機械製図《せいず》の授業《じゅぎょう》を受けるために、五年間、四つの大学で、五回も申《しん》請《せい》しなければならなかった。男子のみの授業《じゅぎょう》だって、何度もことわられたのよ。スーズだって、生まれてからずっと、女子はこうあるべきって規範《きはん》とぶつかってきたわ」

なるほど。「うん、わかった」コーラを飲み干《ほ》した。「もう一本、飲んでもいい？　喉《のど》がカラカラなの」

「そうよねえ。さっき、あれだけさけんだんだもの」ママは、笑いたいのか笑いたくないのか、なんともいえない表情《ひょうじょう》でこっちを見た。「ねえ、ケイティ、さっきの罵詈雑言《ばりぞうごん》、どこでおぼえたの？」

「まあ、なんとなく。男子とつるむと、自然とね」

11

冷静なること、科学者のごとし

土曜日の昼時、ジュールズに電話した。毎朝いっしょに登校しているけれど、別々《べつべつ》のクラスになったし、ジュールズの午後はピアノレッスンで埋《う》まっているので、長いこと、まともに会っていない気がする。いまは、とにかく、親友に話を聞いてもらいたい。

「ねえ、こっちに来ない？」祈《いの》る思いで、誘《さそ》ってみた。

「うん、行く」

十五分後、ジュールズが裏口《うらぐち》にやってきた。

「少ししかいられないんだけど。ママが二時までにもどってきなさいって。新しい靴《くつ》を買いに行くからって」ジュールズはそういって、顔をしかめた。「せっかくの土曜日なのにね」

「ジュールズのママらしいわ」

ミルクのコップとクッキーを持って、屋根裏《やねうら》に上がった。

「ねえ、ジュールズって、パズルとか得意だよね？　わたしの問題、助けてもらえない？」

「算数の問題？　それとも理科？」

「ううん、野球」

ジュールズは、あきれた顔をした。「今度は、なに？」

「リトルリーグからとんでもない返事が来たこと、話したよね？」

「うん」

「くわしい内容《ないよう》、知りたい？」

「うん、教えて」

ジュールズに手紙を読みあげた。読み終えて、顔をあげると、ジュールズはレモンでも食べたような顔をしていた。「ナンセンスのオンパレードだわ」

「だよね。で、リトルリーグがまちがってるって証明《しょうめい》したいんだけど、どうやったらいいか、わからなくて」

「そうねえ……デューイなら、どうすると思う？」と、ジュールズ。

物事の仕組みを根気よくおだやかに説明するデューイの声が、聞こえるような気がした。デューイなら、科学者のように問題を解《と》く方法を教えてくれるだろう。でも今回は、物理ではなく野球の問題だ。しばらく考えてから、いった。

「うん、わかった。科学者のように冷静に分析《ぶんせき》して、向こうの主張《しゅちょう》をくつがえす事実を見つければいいってことね」手紙を見ながら、つづけた。「向こうは、野球は女子に害をあたえるって主張《しゅちょう》してる。うーん……筋肉《きんにく》とか臓器《ぞうき》とか、ぜんぜん知識《ちしき》がないから、それをくつがえすには、有名な医者の意見とか検査《けんさ》結果とか、必要だよね」

「それは面倒《めんどう》よ。ねえ、ケイティ、野球は当初から……って部分を、もう一度読んでくれない？」

「うん……。『団体競技《だんたいきょうぎ》としての野球は、当初からずっと男子専用《せんよう》のスポーツであり、それはこれからも変わりません』」

「男子専用《せんよう》？　それって、おかしくない？　野球史上、ケイティ以外に女子選手はひとりもいないなんて、ありえないわよ。そこのほうが、証明《しょうめい》しやすいんじゃない？」

「うわあ、ジュールズって、天才！　女子野球選手のリストが、きっとどこかにあるよね……もし、本当に選手がいるのなら」

「ワンダーガール、ケイティ・ゴードン選手以外にってこと?・」ジュールズがジョークを飛ばす。

屋根裏部屋《やねうらべや》に科学と数学と芸術《げいじゅつ》の本はどっさりあるが、スポーツの本はない。ママの本は、化学のものばかりだ。わたしの部屋《へや》にあるのは、シールズの試合のプログラムが二冊《さつ》と、去年のメジャーリーグの年鑑《ねんかん》のみ。女子野球に関する本があれば、気づかないはずがない。だとすると、どこをさがせば――。

「あっ、そうだ！」わたしは、声をあげていた。

「えっ、なに？」

「図書館。図書館に行けばいい」

「いまから？」

「ジュールズは、あと三十分しかいられないんでしょ？」

「うん……靴《くつ》を買いに行くからね」ジュールズが、これみよがしにため息をつく。

ふたりでクッキーを食べ終え、帰りぎわ、ジュールズがいった。「リストを見つけたら、電話して」

「うん、わかった」ジュールズを見送ってから、図書館カードを持って、自転車に飛びのった。

本は四歳《さい》くらいから読んでいて、幼稚園《ようちえん》に入る前に、すでに自分の図書館カードを持っていた。

近所にある図書館――クレアモント分館――は、イギリスの別荘《べっそう》のような建物だ。自転車置き場に自転車を置いて、中に入った。木の床《ゆか》に書棚《しょだな》がならび、大きいオークの机《つくえ》にはステンドグラスの傘《かさ》の読書灯が置いてある。あたたかい雰囲気《ふんいき》で、居心地《いごこち》がよく、お気に入りの場所だ。

手始めにカード目録を検索《けんさく》した。野球関係のノンフィクション本のコーナーへ移動《いどう》し、三十分かけて書棚《しょだな》から次々《つぎつぎ》と本をとりだし、机《つくえ》で開いて目次を調べてみたが、収穫《しゅうかく》はなかった。

しかたなく、司書にきいてみようとカウンターのほうへ行きかけて、ふと、思いついた。静まりかえった図書館でなければ、パチンと指を鳴らすところだ。

さがす場所なら、ほかにもある。雑誌《ざっし》記事の索引本《さくいんぼん》だ。索引本《さくいんぼん》には、一八九〇年以降《いこう》のほぼすべての雑誌《ざっし》の記事が網羅《もうら》されている。もし女子野球選手が本当に存在《そんざい》したのなら、きっと雑誌《ざっし》にとりあげられている。

古い記事から順番に一九二〇年代の末まで調べたところで、腕《うで》が痛《いた》くなり、目がチカチカしてきた。字が小さいし、行間もつまっている。今日は切りあげて、一九三〇年代以降《いこう》は月曜日の放課後にしようと思ったそのとき、ヒットした。

『野球選手、女子　ベーブ・ルースから三振《さんしん》を奪《うば》った女子投手　リテラリー・ダイジェスト　一〇九号四十一ページ　一九三一年四月十八日発行』

12
1931年のバックナンバー

電球のソケットに触《ふ》れたみたいに、心臓《しんぞう》がビクッとした。ついに、動かぬ証拠《しょうこ》を見つけた！　雄叫《おたけ》びをあげ、拳《こぶし》をつきあげたくなった。が、図書館でさわいだら、つまみ出されてしまう。情報《じょうほう》をメモし、ノートを一枚《まい》やぶって、索引本《さくいんぼん》の該当《がいとう》ページにはさんだ。そのまま、いったん索引本《さくいんぼん》を書棚《しょだな》にもどし、うきうきとカウンターに向かった。

顔見知りの司書が、愛想笑いを浮《う》かべて声をかけてきた。「こんにちは、ケイティ。土曜日に図書館に来るなんて、どうしたのかしら？」

「見たい雑誌《ざっし》があって……」情報《じょうほう》を書きうつしたメモを見ながら、伝えた。「リテラリー・ダイジェストの一九三一年四月十八日の号をお願いします」

司書は目を見ひらき、失礼だと思うくらい、わたしをまじまじと見た。「あらまあ……。バックナンバーがあるかどうか、調べるわね」大きなバインダーをひらき、リストを指でなぞりながら、たずねてきた。「宿題なの？」

「はい、まあ」司書の指を目で追いながら、胸《むね》の中で祈《いの》った。どうか、お願い、ありますように――。

「ごめんなさいね」司書がバインダーをとじた。「本館に行ってもらうしかないわ。一九三一年以降《いこう》の雑誌《ざっし》で、うちにあるのは、タイム誌《し》とライフ誌《し》だけなの」

時計を見た。時刻《じこく》は、午後四時十分だ。「今日、本館は何時までですか？」

「五時までよ。でも雑誌閲覧室《ざっしえつらんしつ》のバックナンバーの申請《しんせい》は、閉館《へいかん》の十五分前までなの。お母さんに車で送ってもらわないと、たぶん間に合わないわね」

「じゃあ、明日は何時まで、あいてますか？」

「あら、明日はお休みよ。日曜日だもの」

最悪だ。わたしの顔を見て、司書がさらにいった。「週明けの学校で、必要な資料《しりょう》なの？」

そんなことはないが、あと二日も待たされたら、爆発《ばくはつ》してしまう。司書にウソをつくのは良くないけれど、緊急事態《きんきゅうじたい》だ！　ゆっくりと、悲しげにうなずいた。

「じゃあ、電話して、用意しておいてくれるように、たのんであげる。そうすれば、時間の節約になるでしょ……間に合えば、だけど」司書が電話に手をのばした。「さあ、ほら、行きなさい！」

よし！　自転車を必死にこいで、信号に引っかからないように脇道《わきみち》を通って、記録的な速さで本館に到着《とうちゃく》し、息を切らしながら汗《あせ》だくでかけこんだ。時計を見たら、まだ四時三十分だった。

雑誌閲覧室《ざっしえつらんしつ》は地下にある。一段《いちだん》飛ばしで階段《かいだん》をかけおりたら、カウンターにいた司書が顔をあげた。「あなた、ケイティ・ゴードン？」

「はい……そう……です」息もたえだえに答えたら、司書がにこっとほほえんだ。

「そこまでリテラリー・ダイジェストを読みたい人は、初めてだわ」と、一冊《さつ》の大きな黄褐色《おうかっしょく》の本を軽くたたいた。「はい、どうぞ。図書館カードを貸《か》して」

図書館カードをわたし、どっしりとした本を受けとって、机《つくえ》に向かった。

リテラリー・ダイジェストは週刊誌《しゅうかんし》だ。何週間分もまとめて製本《せいほん》してあるので、一週間分がどこまでか、区別がつかない。それでも、ようやく四月十八日の号を見つけた。表紙には、エイブラハム・リンカーンの写真が載《の》っている。ポケットから、くしゃくしゃのメモをとりだした。汗《あせ》で文字がにじんでいるが、なんとか読める。四十一ページだ。雑誌《ざっし》をめくり、ようやく記事にたどりついた——『ベーブ・ルースから三振《さんしん》を奪《うば》った女子投手』。

選手の名前は、ジャッキー・ミッチェル。わたしと同じピッチャーだ！　写真も載《の》っている。ヤンキースとのオープン戦で登板し、ベーブ・ルースとルー・ゲーリックから、たてつづけに三振《さんしん》を奪《うば》ったという。

やった！　これがリトルリーグへの反証《はんしょう》にならないとしたら、いったいなにが反証《はんしょう》になる？

せっせと記事を写しはじめた。けれど、閉館《へいかん》まであと十分。とても写しきれそうにない。そこでページをひらいたまま、カウンターに持っていった。「この記事のコピーをお願いします」

「一ページにつき十セントよ」司書は時計を見た。「あら、残念。申請《しんせい》は、閉館《へいかん》の十五分前までなの」

「そこをなんとか。お願いできませんか？」

「そんなに必要なの？」

「はい、どうしても。わたしの未来がかかってるんです」

「あら、そうなの……」司書は少し考えて、ウインクした。「まあ、そういうことなら、多少は大目に見てあげる」本を持って奥《おく》に引っこみ、すぐにコピーを持って、もどってきた。「はい、三十セントよ」

「えっ、三枚《まい》あるんですか？」

「ええ。三枚目《まいめ》は数行しかないけれど、記事を全部コピーするのかと思って」

「あの、そうなんですけど、お小遣《こづか》いは二十五セントしかないんです」ママにもらった二十五セント硬貨《こうか》を一枚《まい》、ポケットからとりだして、カウンターに置いた。

「そうねえ……」司書は、コピーをトントンと指でたたいた。「ま、三枚目《まいめ》は十セントの価値《かち》はないわね」と、二十五セント硬貨《こうか》をうけとって、五セントのおつりをくれた。「写真は、うまくコピーできないのよ」

たしかに、ジャッキー・ミッチェルの写真は、黒ずんでいてよく見えない。それでも文字は判読《はんどく》できるので、ほしい情報《じょうほう》はそろっていた。「ありがとうございます！」

「どういたしまして」司書はにこっと笑い、〈本日終了《しゅうりょう》〉という木の札をカウンターに置いた。

自転車で帰るとちゅう、風に飛ばされないようにとコピーを折りたたみ、ジーンズの尻《しり》ポケットにしまった。そして、『わたしを野球に連れてって』を大声で歌いながら帰った。

ジャッキー・ミッチェルのおかげで、リトルリーグのバカげた主張《しゅちょう》を、見事なまでにはねつけられる！

13 ベーブ・ルースから三振《さんしん》を奪《うば》った女

「ママ！　ママ！」庭に自転車を乗りすて、裏口《うらぐち》の階段《かいだん》をかけあがり、ドアを押《お》しあけた。

「やっぱり、リトルリーグはまちがってた！　見つけたよ！」

ママが、クロスワードパズルから顔をあげた。「見つけたって、なにを？」

「だから、野球選手。プロの女子野球選手を見つけたの！」

「あら」ママがペンを置いた。「どこで見つけたの？」

「図書館……で」息があがり、言葉がとぎれる。キッチンの椅子《いす》にいきおいよく座《すわ》って、つづけた。「ジャッキー・ミッチェルっていうピッチャー。ベーブ・ルースから、三振《さんしん》を奪《うば》ったんだよ！」

「まあ、すごい。所属《しょぞく》チームは？」

「いまは、もうないチーム。一九三一年に選手登録してね。所属《しょぞく》チームは――」コピーを引っぱりだして、広げた。「チャタヌーガ・ルックアウツ」

ママが、むずかしい表情《ひょうじょう》を浮《う》かべた。「野球にはくわしくないけれど、聞いたこと、ないわねえ」

「マイナーリーグのチーム。マイナーリーグには、チームがたくさんあるの。ジャッキーが出場したのは、シーズン前のオープン戦だったし。でもね、ママ、ベーブ・ルースから三振《さんしん》だよ！」興奮《こうふん》して体が弾《はず》む。冷蔵庫《れいぞうこ》にコーラをとりに行き、半分ほどゴクゴクと飲んでから、また座《すわ》った。「しかも、あのルー・ゲーリッグも打ちとったんだって！」

「ええっ、そうなの？」ママが片手《かたて》をのばしてきた。「記事、見せて」

記事をわたした。「写真はぼやけてるけど。図書館のコピー機だと、黒ずんじゃって」

「うちの学部のコピー機も、似《に》たようなものよ」ママはフンフンといいながら、記事にざっと目を通した。「この記事は、二種類の新聞記事を引用してるわね。新聞記事のほうが、ジャッキー・ミッチェルについて、くわしい情報《じょうほう》が載《の》っているんじゃないかしら」

「索引本《さくいんぼん》には、雑誌《ざっし》のリストしかなくて。リトルリーグに反論《はんろん》するなら、もっと情報《じょうほう》を集めたほうがいいんだろうけど……」

「ええ、そうね。ママの大学は、情報《じょうほう》が豊富《ほうふ》にそろってるわ。手伝ってあげようか？」

「ええっ、ママがやってくれるの？」

「まさか。チャンスを作ってあげる。あとは、自分でやりなさい。調査能力《ちょうさのうりょく》はね、将来役《しょうらい》に立つ、秘密《ひみつ》の武器《ぶき》よ」

「秘密《ひみつ》の武器《ぶき》、か。うん、かっこいい！　ママ、月曜の午後は、授業《じゅぎょう》が入ってる？」

「ううん。月曜は、午前中いっぱい、予算会議があるだけよ」

「自転車で登校してもよければ、放課後、三時半までにママの大学に行けるよ」

「じゃあ、そうなさい。大学の中央図書館の、資料室《しりょうしつ》のカード目録のそばで待ち合わせね」

　カリフォルニア大学バークレー校の中央図書館は、昔から大好きだ。資料室《しりょうしつ》はフットボール場くらいの広さがあって、天井《てんじょう》がものすごく高い。書棚《しょだな》がずらりとならんだ、木の壁《かべ》で囲まれたおごそかな雰囲気《ふんいき》の部屋《へや》だ。しんと静まりかえっていて、紙のこすれる音と、ほんの数人のひそひそ声と、目録の引き出しをそっと開け閉《し》めする音しかしない。

　鐘楼《しょうろう》の鐘《かね》が三時半を告げると同時に、だだっ広い資料室《しりょうしつ》の向こう側のドアから、ママが入ってくるのが見えた。今日のママはツイードのスカートにカーディガンという教授《きょうじゅ》らしい服装《ふくそう》で、茶色い革《かわ》のブリーフケースを持っている。大理石の床《ゆか》に、ハイヒールのコツコツという音が響《ひび》く。ママがわたしのほおにキスし、小声でいった。「昼休みに電話しておいたわ。新聞閲覧室《えつらんしつ》に、引用元のワシントンとニューヨークの一九三一年の新聞があるの。四月第一週のものを出しておくよう、たのんでおいたから」

「大学の図書館が、わたしのために、そこまでしてくれるの？　ここの学生じゃないのに？」

「あなたはちがうけど、ママは教授《きょうじゅ》よ。教授《きょうじゅ》には、それなりに特権《とっけん》があるの」と、ママが部屋《へや》の反対側を指さした。「閲覧室《えつらんしつ》は地下よ」

新聞閲覧室《えつらんしつ》に行くと、ママはカウンターの奥《おく》にいる男子学生に、教職員《きょうしょくいん》の身分証《みぶんしょう》を見せた。するとその学生が机《つくえ》のひとつへ金属製《きんぞくせい》のカートを押《お》していき、よいしょ、とカートから本を一冊《さつ》持ちあげた。なんと、とほうもない巨大《きょだい》サイズの大型本だ！　深緑色の本で、縦《たて》約一メートル、横約六〇センチ、厚《あつ》みも数センチある。うちのコーヒーテーブルくらい大きい！

その学生は大型本を机《つくえ》の端《はし》にそっと置き、すべらせて載《の》せると、「次の本を見るときに、また声をかけてください」といって、カウンターの奥《おく》へもどっていった。

「じゃあ、ケイティ、がんばってね」ママは、ブリーフケースから今日の新聞をとりだした。

「ママは、あっちでクロスワードパズルをしているわ。調べ終わったら、手をあげて合図して」

わたしの頭を軽くなでると、大型本とわたしを残して離《はな》れていった。

これだけ巨大《きょだい》な本だと、立たないと広げられない。本の背《せ》には『ニューヨークタイムズ』と黒文字で書いてあり、大量の新聞紙が左とじで製本《せいほん》されている。バサバサと音を立てたり、万が一にも破《やぶ》ったりしないよう、立ったまま、そうっとページをめくっていった。スポーツ欄《らん》をさがしだし、ざっと目を通したが、なかなかヒットしない。さらに四十ページほどめくったそのとき、一九三一年四月三日の新聞で、ようやくヒットした。

ジャッキー・ミッチェルの写真だ！　雑誌《ざっし》の写真とはちがって、野球用のズボンと、文字が縫《ぬ》いつけられたセーターを着ている。

座《すわ》って、『女子投手、ルースとゲーリックから奪三振《だつさんしん》』という記事を読んだ。雑誌《ざっし》の記事よりも、長くてくわしい。エンピツをとりだし、要点を書きはじめた。

一分くらい書いていると、ふいに、さっきのカウンターの男子学生の声がした。「あの、なんでしたら、コピーをとりますよ」

「えっ、いいんですか？　こんなに大きいのに？」

男子学生は、肩《かた》をすくめた。「ええ、慣《な》れてるんで」そして、薄紙《うすがみ》の細長い紙切れを一束くれた。「コピーしたい箇所《かしょ》に、はさんでおいてください」

「ありがとうございます」紙切れの束を受けとって、本の横に置いた。

それからの一時間、三冊《さつ》の巨大《きょだい》な本を閲覧申請《えつらんしんせい》し、三紙のスポーツ欄《らん》を読んだ。そして最後の三冊目《さつめ》の新聞記事を読んでいたとき、思わず「えっ！」と声をあげてしまった。閲覧室《えつらんしつ》にいた全員が、顔をあげてこっちを見る。

ママが席を立って、近づいてきた。「なにを見つけたの？」

「ジャッキーが登板した直後に、球団《きゅうだん》のコミッショナーが……」新聞を見て、名前をたしかめた。「ケネソー・マウンテン・ランディスというコミッショナーが、契約《けいやく》を破棄《はき》したんだって。それって、クビにしたってことだよね？」声をおさえようとしたけれど、頭に血がのぼっていて、おさえきれなかった気がする。

「そうみたいね」ママが腰《こし》かけた。「記事の続きを読んでみて」

いわれたとおり、記事に目を通した。「ええっとね……コミッショナーは、野球は女子には激《はげ》しすぎるっていったんだって……。あのベーブ・ルースから三振《さんしん》を奪《うば》ったのに？」うんざりして、椅子《いす》の背《せ》にもたれかかった。「リトルリーグの手紙とそっくりよ！」

「だからって、向こうの主張《しゅちょう》が正しいとはかぎらないわ」ママがそっといった。「ジャッキー選手も、闘《たたか》ったかもしれないわよ」

「そうかもしれないけど……」ため息が漏《も》れた。「たった一試合でクビになった選手が、反証《はんしょう》になる？」

「さあ。たったひとりの女子選手が、たった一試合に出ただけでは、反証《はんしょう》としては弱いかも。でも、切りくずしの手がかりにはなるわ」と、ママがわたしの肩《かた》をなでた。「ケイティ、まだ始めたばかりよ。簡単《かんたん》にはいかないっていったでしょ？」

拳《こぶし》をにぎりしめ、なにかを殴《なぐ》りたくなった。リトルリーグにも腹《はら》が立つけれど、いまは野球そのものと、はるか昔の出来事に、どうしようもなく腹《はら》が立つ。ジャッキー・ミッチェル選手に直接《ちょくせつ》話を聞いてみたいが、もう、亡《な》くなっているだろう――。あれ？　亡《な》くなっている？頭の中で計算した。一九三一年に十七歳《さい》で活躍《かつやく》したってことは、いまはまだ四十三歳《さい》だ。ママよりも若《わか》い！

「ねえ、ママ、ここに電話帳はある？　ほかの町の電話帳は？」

「あると思うけど。なぜ？」

「ジャッキー・ミッチェルは、まだチャタヌーガに住んでいるかも」

「なるほど。調べる価値《かち》はあるわね」ママは、にっこりとほほえんだ。「すばらしい推論《すいろん》だわ。ここの調べ物は、終わった？」

「うん、今日のところは」

ママはわたしといっしょにカウンターに立ちより、さっきの男子学生に、紙切れをはさんだ

森 鷗外……山椒大夫
島尾敏雄……島の果て
長谷川四郎……鶴
原 民喜……夏の花
太宰 治……魚服記
海音寺潮五郎……極楽急行
梅崎春生……チョウチンアンコウについて

❸おかしい話

室生犀星……夜までは
佐藤春夫……蝗の大旅行
尾崎一雄……虫いろいろ
小沼 丹……カンチク先生
内田百閒……泥坊三昧
夏目漱石……自転車日記
山本周五郎……対話（砂について）
坂口安吾……村のひと騒ぎ
林家正蔵（演）……あたま山
桂文楽（演）……酢豆腐
桂三木助（演）……芝浜
森 鷗外……大発見
小泉八雲……日本人の微笑
星 新一……来訪者

●各1800円
●判型／A5変型判／略フランス装
●平均288ページ

海音寺潮五郎……唐薯武士
谷崎潤一郎……母を恋うる記
林芙美子……風琴と魚の町
吉村 昭……同居
向田邦子……かわうそ
遠藤周作……夫婦の一日
川端康成……葬式の名人
井伏鱒二……へんろう宿
太宰 治……黄金風景

❻恋の物語

阪田寛夫……練習問題
木山捷平……うけとり
尾崎 翠……初恋
堀 辰雄……燃ゆる頬
江戸川乱歩……人間椅子
太宰 治……カチカチ山
三島由紀夫……三原色
芥川龍之介……好色
菊池 寛……藤十郎の恋
宮本常一……土佐源氏

なんと容赦のない、なんと爽快なラインナップだろう。
上橋菜穂子さん

色川武大……ひとり博打
中島 敦……山月記
菊池 寛……入れ札
三島由紀夫……志賀寺上人の恋
谷崎潤一郎……刺青
幸田 文……髪
深沢七郎……おくま嘘歌
太宰 治……雀
石原吉郎……ある〈共生〉の経験から

❽こわい話

萩原朔太郎……蛙の死
夏目漱石……夢十夜 第三夜
内田百閒……豹／鯉
江戸川乱歩……白昼夢
半村 良……箪笥
岡本綺堂……利根の渡
中島 敦……牛人
菊池 寛……三浦右衛門の最後
坂口安吾……桜の森の満開の下
夢野久作……瓶詰地獄
星 新一……鏡
山川方夫……お守り
志賀直哉……剃刀
島尾敏雄……鉄路に近く
太宰 治……トカトントン

森 茉莉……ビスケット
深沢七郎……いのちのともしび
種村季弘……幻の料理
色川武大……大食いでなければ
古川緑波……富士屋ホテル
向田邦子……ごはん
武田百合子……枇杷／夏の終わり
宮沢賢治……注文の多い料理店

❿ふしぎな話

萩原朔太郎……死なない蛸
寺山修司……全骨類の少女たち
川端康成……化粧
梶井基次郎……愛撫
谷崎潤一郎……秘密
夏目漱石……心
内田百閒……尽頭子
三島由紀夫……美神
夢野久作……怪夢（抄）
星 新一……おーい でてこーい
梅崎春生……侵入者
宮沢賢治……どんぐりと山猫
芥川龍之介……魔術
豊島与志雄……立札
中島 敦……名人伝
稲垣足穂……黄漠奇聞

いい人ランキング

吉野万理子 著

人の悪口を言わないし、掃除はサボらないし、「宿題を見せて」と頼まれたら、気前よく見せる人。「いい人」と呼ばれるのは、いいことだと思っていたけれど、実は……?いじめ問題について、いじめられる側だけでなく、いじめる側の心理もリアルに描いた作品。——人間関係に悩む中学生の実用書たりうる一冊! ●1,400円

古典

**古典に親しむきっかけに!
小学校高学年から楽しく
学べる古典入門**

はじめての万葉集

萩原昌好 編　中島梨絵 絵 (上・下巻)

● 各1,600円(A5変型判/2色刷/各128ページ)

「万葉集」全20巻、4500首の中から代表的な作品135首をセレクト。年代別に4期にわけて、わかりやすく紹介します。

上巻 ① 初期万葉時代 :
大化改新 ~ 壬申の乱
(645 ~ 672 年ごろ)
② 白鳳万葉時代 :
壬申の乱 ~ 藤原京への遷都
(672 ~ 694 年ごろ)

下巻 ③ 平城万葉時代 :
藤原京への遷都 ~ 平城京への遷都
(694 ~ 733 年ごろ)
④ 天平万葉時代 :
平城京の時代
(733 ~ 759 年ごろ)

★C.V.オールズバーグ 作　村上春樹 訳★

急行「北極号」

★コルデコット賞

幻想的な汽車の旅へ……。少年の日に体験したクリスマス前夜のミステリー。映画「ポーラー・エクスプレス」原作本。

●1,500円（24×30cm／32ページ）

ジュマンジ

ジュマンジ……それは、退屈してじっとしていられない子どもたちのための世にも奇妙なボードゲーム。映画「ジュマンジ」原作絵本！

●1,500円（26×28cm／32ページ）

魔術師アブドゥル・ガサツィの庭園

★コルデコット賞銀賞

「絶対に何があっても犬を庭園に入れてはいけません――引退した魔術師ガサツィ」ふしぎな庭で、少年が体験した奇妙なできごと。

●1,500円（25×31cm／32ページ）

★シェル・シルヴァスタイン　村上春樹 訳★

おおきな木

おおきな木の無償の愛が、心にしみる絵本。絵本作品の「読み方」がわかる村上春樹の訳者あとがきは必読。

●1,200円（23×19cm／57ページ）

はぐれくん、おおきなマルにであう

名作絵本『ぼくを探しに』（講談社）の続編が村上春樹・訳で新登場！　本当の自分を見つけるための、もうひとつの物語。

●1,500円（A5変型判／104ページ）

あすなろ書房の本

［10代からのベストセレクション］

『ねえさんといもうと』より ©2019 by Komako Sakai

表示価格は、税別です　2020.4.1

ページをすべてコピーするようにたのんだ。「コピー代は、化学科のこの口座《こうざ》に請求《せいきゅう》して」と、紙にさらさらと数字をならべる。

「はい、ゴードン教授《きょうじゅ》」男子学生は大量の紙切れがはさまった三冊《さつ》の大型本に目をやって、ため息をついた。「明日までに、コピーしておきます」

ママはうなずいた。「コピーができたら、研究室に連絡《れんらく》してね」

そのあと、二階の電話帳だらけの部屋《へや》に移動《いどう》した。去年のチャタヌーガの町の電話帳を見つけて調べたら、名前があった。住所を書きうつしていると、ママがいった。

「結婚《けっこん》して、名前が変わってなくて、良かったわね」

「ねえ、ママ、手紙を送ったら、返事をくれるかな？」

「やってみるしかないわね」

14

弾《たま》を集めろ！

二日かけて、ジャッキー・ミッチェルに長い手紙を書いた。ききたいことは、山ほどある。電話帳に載《の》っていた番号にかけてみようかとも思ったが、長距離《ちょうきょり》電話なので料金がかなりかかる。電話を切られるかもしれないし、口ごもって、うまくしゃべれないかもしれない。手紙のほうが、はるかに気楽だ。

いつから野球を始めたのか？　どのようにして球団《きゅうだん》と契約《けいやく》したのか？　女子のチームメイトはいたか？　コミッショナーに解雇《かいこ》されたあと、どうしたか？　野球をつづけたのか？　つづけたとしたら、どこで？　ほかにも、いろいろ教えてもらえないか？

同姓《どうせい》の人ちがいだといけないので、封筒《ふうとう》に〈女子野球選手　ジャッキー・ミッチェル様〉と書いた。きっとチャタヌーガでは有名人だから、住所がちがっていたとしても、郵便局《ゆうびんきょく》が現在《げんざい》の居場所《いばしょ》を知っているだろう。

木曜の午後、放課後に郵便局《ゆうびんきょく》で手紙を出した。

ただ待つのは得意じゃない。そこで郵便局《ゆうびんきょく》からの帰り道、次の一手を練り、夕食の席でママに話した。

「野球界に女子選手がいた証拠《しょうこ》をつかんだから、今夜、リトルリーグにまた手紙を書いて、まちがっているっていってやる！」テーブルをいきおいよく引っぱたき、弾《はず》みでフォークが床《ゆか》に落ちた。「あっ、ごめんなさい。つい、興奮《こうふん》しちゃって」

ママはなにもいわず、だまってシチューを食べている。

一分ほど、ママのようすをうかがい、息を吐《は》きだした。「ねえ、ママだったら、どうする？」

ママはナプキンで口をぬぐい、おもむろにいった。「ミッチェルからの返事を待つわね。いろいろな情報《じょうほう》をもたらしてくれるはずだから。第二の手紙のために、できるかぎり〝弾《たま》〟を集めたほうがいい」

ママの言葉をじっくりと考え、顔をしかめた。「うーん、でも、いますぐ、なにかしたい」

「でしょうね。我《わ》が家の辞書に、忍耐《にんたい》という言葉はないもの。じゃあね、ママが二階から書類フォルダーを持ってきてあげる。資料《しりょう》を整理して、しまっておきなさい。雑誌《ざっし》と新聞のコピーも、ぼろぼろにならないよう、しまっておくのよ」

「あっ、それ、名案。リトルリーグのまちがいを正す、法的な証拠《しょうこ》になるかもしれないしね」

ママがすぐに書類フォルダーをとってきてくれたので、新聞と雑誌《ざっし》のコピーをしまった。わたしとジャッキー以外に、まだ女子選手がいるかもしれないので、フォルダーには〈女子野球選手〉と書いておいた。

金曜日は天気が良く、放課後、空き地にようやくゲームができる人数が集まった。ピーウィーとは、あれ以来、口をきいていない。一時間以上、わたしが投げ、ピーウィーが受けたが、ボールが行き来するだけで、言葉はいっさいかわさなかった。そしらぬ顔をしていたけれど、仲間の数人は気づいたようだ。これは、まずい。わたしかピーウィーか、どちらかを選べといわれたら、男子はきっとわたしが女子だと思いだし、しめだそうとするだろう。

ピーウィーとは近所なので、帰りは自然といっしょになった。歩き出してすぐに、勇気を出して声をかけてみた。「あのさ、例の練習試合は、どうだった?」

ピーウィーはビクッとした。「あっ、うん、まあまあかな。そうそう、ケビンの野郎《やろう》、タッチアウトにしてやった。思いきりタッチしたよ」

「さすがね」

「うん……」少し間をおいて、ピーウィーが聞きそこねるくらい小さな声で、いった。「日本人のメジャーリーガーって、いるかな？」

「さあ、いないんじゃない。考えたこともないけど」

「おれは、ずっと考えてきたよ。何度も、何度も」グラブを脇《わき》にはさみ、両手をポケットにつっこんだ。「おれが、初の日本人メジャーリーガーになるかも。だからこそ、先頭に立ってプレーしたいんだ」

「そうなんだ」ピーウィーの気持ちは、痛《いた》いほどわかる。「あの……この間は、ひどいこといって、ごめんね」

「うん」しばらくだまって歩いた。「じゃあ、また仲間ってことで、いい？」

立ちどまり、少し考えてから答えた。「うん、いいよ。ピーウィーがいいなら」

ピーウィーの腕《うで》を親しみをこめて拳《こぶし》で軽くたたいたら、ピーウィーもたたきかえしてきて、仲直りした。


夕方、ママがキッチンできのうの残りのシチューをあたためながら、ラジオをつけて音楽を流した。と、急にアナウンサーの声が割《わ》りこんできた。

「臨時《りんじ》ニュースをお伝えします。ソ連の科学者が、人工衛星《えいせい》を打ち上げ、周回軌道《きどう》に乗せることに成功しました。スプートニクと名づけられた人工衛星《えいせい》は、人類の歴史に名を残す偉業《いぎょう》であり、宇宙《うちゅう》開発の大きな一歩であります。それでは、スプートニクが発信する宇宙《うちゅう》からの初の音、新時代をつげる音をお聞きください。ピー……ピー……ピー……ピー……」

ママはラジオを見つめていた。ラジオからは、ピーピーという音が、数秒ごとにくりかえし流れてくる。

その晩《ばん》は夕食後、ママといっしょに長時間、スプートニクの発信音を聞いていた。

「なんでスプートニクなんて、変な名前で呼《よ》ばなきゃいけないの？」

「アメリカ人がつけた名前じゃないわ。アナウンサーがいってたけど、ロシア語で〝旅の道連れ〟という意味なんですって」

「ママは、ソ連の衛星《えいせい》打ち上げについて、どう思う？　科学者として？」

「人間の知識《ちしき》を広げるのは、すばらしいことだと思う」ママは、ゆっくりと答えた。「今回の件《けん》は、輝《かがや》かしい功績《こうせき》ね。ただ……このあとどうなるか、不安だわ。政治《せいじ》は、えてして、やっかいな問題を引きおこすから。あなたのパパのロケット開発チームは、まちがいなく、ソ連に先を越《こ》されたって激怒《げきど》するわね」

「ケイティ。起きて」ママの手を肩《かた》に感じて、目をさました。外はまだ暗い。起きあがって、目をこすった。「えっ、なに？　いま、何時？」

「朝の四時半。靴《くつ》を履《は》いて、いっしょに来て。パジャマのままでいいから」

「えっ？　なんで？」

「来ればわかるわよ」

歩道に出ると、近所の人がおおぜい集まっていたので驚《おどろ》いた。コーヒーのマグを持っていたり、独立《どくりつ》記念日のパレードでも待つみたいにローンチェアに座《すわ》っていたり、双眼鏡《そうがんきょう》や望遠鏡を持っていたりする人もいる。

「ママ、みんな、なにを待ってるの？」

「宇宙《うちゅう》時代よ」

東の空が白み始めたとき、二軒《けん》となりのおじさんが「あっ、あそこだ！」と、北西の空を指さした。

寝《ね》そべって空を見あげると、点滅《てんめつ》する点がひとつ、動いていた。流れ星というより、道路をなめらかに走る車のヘッドライトみたいだ。

「あれが、スプートニクよ」ママもとなりに寝《ね》そべりながら教えてくれ、わたしの手をぎゅっとにぎった。「いま、まさに、歴史を目撃《もくげき》しているのよ」

だれもが無言で空を見上げていた。

これまで惑星《わくせい》や星座《せいざ》には、ギリシャ語やラテン語の名前がつけられてきた。けれど、今回はちがう。〝スプートニク〟という名は、過去《かこ》ではなく将来《しょうらい》の名前、ＳＦに登場する名前のように感じられた。

15 ヨム・キプルと極秘《ごくひ》プロジェクト

ベッドにもどり、次に起きだして着がえたときは、昼時になっていた。書斎《しょさい》からママが電話している声がするので、ピーナッツバターのサンドイッチを作り、メモを残して、図書館の本館に向かった。

足しげく通っていたので、いまでは数人の司書と顔見知りになった。そのなかのひとりが、ベーブ・ディドリクソン＝ザハリアスという名前を聞いたことがあるか、と声をかけてきた。

「はい、もちろん。知らない人はいないくらい、有名人ですよね」

ベーブ・ザハリアスは、昔、オリンピックで金メダルをとった。その後も主にゴルフ選手として活躍《かつやく》した、アメリカのスポーツ界でいちばん有名な女性《じょせい》といっていい。

「じつは、ちょうどザハリアスの自伝が返却《へんきゃく》されたのよ。あなた、女性《じょせい》選手に興味《きょうみ》があるみたいだから、とっておいたわ。はい」

「あっ、はい、ありがとうございます」

席に着いて、ぱらぱらとめくってみると、これが大当たりだった。なんとザハリアスは、メジャーリーグでプレーしたことがあったのだ。春季キャンプのオープン戦で投げただけだが、対アスレチック戦と、対カーディナル戦で投げている。つまり、アメリカンリーグとナショナルリーグ、両方で投げたことになる。男子選手でも、そんな快挙《かいきょ》をなしとげた者は皆無《かいむ》だ。ザハリアスは、ハウス・オブ・デービッドというチームでも投げていた。

やはりママのいうとおり、〝弾《たま》〟をできるかぎり集めたほうが良さそうだ。

帰宅《きたく》したら、ママがキッチンにいた。いつものようにラジオで音楽を聴《き》きながら、めずらしくオーブンでなにか焼いている。

「もう、どこへ行ってたのよ？」ママはいらいらと時計を指さした。「五時を二十分も過《す》ぎてるじゃないの！」

「えっ？　図書館に行くって、メモを残しておいたけど」

「日が暮《く》れるまでに、おばあちゃん家《ち》に行かなきゃならないのに」

「えっ、今日？　行かなきゃだめ？　どうしても読みたい本があるんだけど」

「どうしても行くの。おばあちゃんが、ごちそうを作って待ってるんだから」ママは、むっとした顔でこっちを見た。「月曜日に話したでしょ。ちゃんと聞いてた？」

「ごめんなさい。うっかり、忘《わす》れてた」ママはきっと話したのだろう。でもわたしは、ジャッキー・ミッチェルのことで頭がいっぱいだった。「今日って、なんの日だっけ？」

「ヨム・キプル。ユダヤ教の祭日よ」

わたしたちはユダヤ人で、ユダヤ教徒だ。といってもジュールズの家ほど熱心ではなく、おばあちゃん家《ち》で祭日を祝うとき以外は忘《わす》れている。

オーブンのタイマーが鳴り、ママがキャセロールに入った料理をカウンターに置いた。きつね色に焼けた料理から、シナモンの香《かお》りのする蒸気《じょうき》が立ちのぼる。

「うーん、いいにおい。それ、なに？」

「ヌードルクーゲルよ。作るのは、何年ぶりかしら。おばあちゃんにたのまれたのよ。今日は朝からお祈《いの》りに行っているから、作ってきてくれって」ママは、また時計を見た。「ほら、着がえてらっしゃい。行くわよ」

おばあちゃんの家まで、車で十五分だ。おばあちゃんは、玄関《げんかん》で待っていた。「さあ、ふたりともお入り。お祈《いの》りがすんだら、ラートカを作るのを手伝っとくれ。もう少しで、陽《ひ》が沈《しず》むからね」

「はーい！」ラートカというのはジャガイモを使ったユダヤのパンケーキで、わたしの大好物だ。

その晩《ばん》のメニューは、牛肉の煮込《にこ》みと、ラートカ。副菜はインゲン豆。インゲン豆は苦手だけれど、エンドウ豆よりはいい。おばあちゃんが家に招待《しょうたい》した三人の未亡人《みぼうじん》といっしょにお祈《いの》りしたあと、大人はもっぱらスプートニクと発信音の話をしていた。

年をとった女の人は、子どもよりも早く寝《ね》る。おかげで八時半には家にもどれたので、さっそくザハリアスの自伝を読みはじめた。しばらくして、電話が鳴った。パパがアラバマ州から長距離《ちょうきょり》電話をかけてきたらしい。アラバマは真夜中だから、緊急《きんきゅう》の用件《ようけん》か、重要な話にちがいない。

ママが話をし、ほどなく苦々《にがにが》しい表情《ひょうじょう》で、わたしに受話器を差しだした。「パパが、あなたに、本当の話をしたいんですって」

「えっ？　スプートニクについて？」パパの仕事は極秘《ごくひ》なので、具体的な仕事内容《ないよう》は知らない。

「それしかないでしょ」と、ママ。

受話器を受けとった。「もしもし？」

「ああ、ケイティ。今回の報道《ほうどう》について、どう思う？」

「まあ、すごいなと」パパと話をするたびに、妙《みょう》な気がする。わたしにとってパパは、テレビの中の人と変わらない。なじみはあるが、自分の生活には関係のない人だからだ。「週明けの授業《じゅぎょう》で、話題になると思う」

「ああ、そうだろうね」パパは、咳《せき》ばらいをした。「ところで、ケイティ、パパはアラバマ州のハンツビルで、フォン・ブラウン博士といっしょに働いているんだ。フォン・ブラウン博士は、アメリカでもっとも優秀《ゆうしゅう》なロケット技術者《ぎじゅつしゃ》なんだぞ」

「ふうん」

「本来ならば、うちの開発チームが二年前に人工衛星《えいせい》を打ち上げられたはずだって、クラスで発表していいぞ」

「そうしたら、ソ連に勝てたのに。なぜ、打ち上げなかったの？」

パパは、憤懣《ふんまん》やるかたないといわんばかりに、うなった。「ホワイトハウスが、予算をほかの事業に回したんだ。失態《しったい》だな。うちのほうが、技術《ぎじゅつ》はすぐれていたんだ」

「なぜ、ホワイトハウスは、そんなことを？」

「アイゼンハワー大統領《だいとうりょう》が、フォン・ブラウン博士を信用しなかったんだ。戦争の生き残りだからってね。ハッ、古い話だ。今回のソ連のわざとらしい行動には、不意打ちを食らったよ。だがな、大統領《だいとうりょう》に事情《じじょう》を説明するために、いま、ワシントンに人を送っている。こっちも、すぐに動きだすぞ」

「名前は、なに？」

「うん？」

「衛星《えいせい》よ。名前、あるんでしょ？」

「いや、まだだ。開発プロジェクトには名前があるが、まあ、それは極秘《ごくひ》なんでね。娘《むすめ》といえども、明かせない。だが打ち上げの準備《じゅんび》ができたら、電話で知らせるよ。どうだい？　今年一番のニュースだろう？　そんなことを知っているのは、四年生でもケイティだけだ」

「五年生なんだけど」

「ああ、うん、そうか。とにかく、先生に大いにアピールできるぞ」

「たぶんね。で、いつごろになりそう？」

間があいた。「一カ月。いや、二カ月先かな。事務処理《じむしょり》にかかる時間しだいだ。こっちは、いつでも打ち上げられる」

「ふうん、良かったね」

「ああ、良かったとも」また、間があいた。「ケイティは、そろそろ寝《ね》る時間だな。じゃあ、学校の先生に、かならず正しい事実を伝えてくれ。今回は後《おく》れをとったが、勝負には勝って、かならずロシア人どもの鼻をあかすって、女の先生にちゃんといっておくんだぞ」

「女じゃないよ。男の先生」

「えっ？　男なのか？　それは好都合だ。きっと、わかってくれる」

パパは、おやすみといって電話を切った。わたしも受話器をもどして、座《すわ》った。

「やる気満々《まんまん》、アメリカ万歳《ばんざい》、みたいな？」ママがたずねた
「そうそう、それ。フォン・ブラウン博士って、戦争でなにした人？」

ママはきょとんとしてから、渋《しぶ》い表情《ひょうじょう》を浮《う》かべた。「短い説明がいい？　それとも、教授《きょうじゅ》の講義《こうぎ》がいい？」

「短いほうがいい。寝《ね》る前に、本を読みたいから」

「フォン・ブラウン博士はね、ヒトラーのためにロケットを開発した人。V2ロケットね。ドイツ軍はそのロケットをロンドンに落として、四千人以上の死者を出した」

「つまり、ナチ党員《とういん》？」

「一言でいえばね。図書館で、ついでに調べてごらん」

「うん、そうだね」時事問題としては、フォン・ブラウン博士のほうが、インパクトがありそうだ。

16
スプートニク

週明けの月曜の朝は、歩道も学校の廊下《ろうか》もざわついていた。男子のなかにはワールドシリーズ第四戦の話をしている子もいたが、さすがに宇宙《うちゅう》には勝てない。男子も女子も、先生も用務員《ようむいん》も、スプートニクの話でもちきりだった。

スプートニクは、それほど大きい衛星《えいせい》ではない。重量は約八十四キロ、大きさはバスケットボールくらいで、九十六分で地球を一周する。だがみんなが話題にしたのは、こういう新聞に書かれた事実ではなく、報道《ほうどう》されていない事実のほうだった。

「あの発信音は、きっと意味があるんだ。秘密《ひみつ》の暗号じゃねえの？」

「あの発信音で共産主義者《きょうさんしゅぎしゃ》がアメリカをスパイしてるって、パパがいってたわ」

先週の金曜の夜、ママといっしょにラジオで初めて知ったとき、スプートニクは純粋《じゅんすい》に科学分野の偉業《いぎょう》だった。ところがその後の新聞報道《ほうどう》で世論《よろん》は一変し、週明けにはロシア人と戦争をしているようなムードになった。しかも、相手のほうが勝っている。

先週の興奮《こうふん》は、みるみるうちに恐怖《きょうふ》へと変わりつつあった。

水曜日のクロニクル紙の一面に、初めてスプートニクの写真が載《の》った。四本のアンテナがつきだしていて、楊枝《ようじ》をつきさしたオリーブの実のような、なんということのない銀色の球体だった。

野球好きのわたしたちは、休み時間のベルが鳴ると、ピーウィーのトランジスターラジオをとりかこみ、ワールドシリーズの実況中継《じっきょうちゅうけい》に聴《き》きいった。結局、第六戦はヤンキースがブレーブスに勝ち、勝負の行方《ゆくえ》は第七戦に持ちこされた。第七戦は、木曜の午後一時、ニューヨークで始まった。時差の関係で、ここバークレーでは午前十時のプレーボールとなる。午前中の休み時間が待ちきれず、十五分の休み時間にラジオにかじりついた。

けれどワールドシリーズが終わると、すぐに野球熱も冷めた。メジャーリーグのシーズンが終わり、放課後の空き地のゲームもほぼ終わった。日が早く暮《く》れ、雨の降《ふ》る肌寒《はだざむ》い日が増《ふ》えたからだ。

いっぽう、スプートニク熱は冷めなかった。クロニクル紙は毎日、アメリカ上空を通過《つうか》するスプートニクの軌道《きどう》を掲載《けいさい》した。ハーシュバーガー先生も、算数や理科や歴史など、あらゆる授業《じゅぎょう》でスプートニクを引き合いに出し、ロシア革命《かくめい》と共産主義《きょうさんしゅぎ》の誕生《たんじょう》について解説《かいせつ》した。中国が開発したロケットや、惑星《わくせい》の軌道《きどう》や、放物線についても勉強した。「通常《つうじょう》の軌道《きどう》は、こうだ」と、先生は黒板に弧《こ》を描《えが》いた。「しかし今月、人類史上初めて、上昇《じょうしょう》した物体が落下しなかった」

そして月曜の朝、先生は「今日から、算数と理科を十五分よけいに勉強する」と宣言《せんげん》した。クラス中からうめき声があがったが、先生は片手《かたて》をあげて制《せい》して、つづけた。「ソ連の学校では、算数と理科を重視《じゅうし》している。だから、スプートニクが成功したんだ。ソ連の生徒は週に六日登校し、毎晩《まいばん》、宿題にはげんでいる。海外の新聞によると、我《わ》が国が宇宙《うちゅう》開発競争でソ連に後れをとったのは、国が割《わ》れていて、共産主義者《きょうさんしゅぎしゃ》を憎《にく》む以上に、国民同士が憎《にく》みあっているからだそうだ。その意見は、正しいのか？」

先生は、外国語の新聞を高くかかげた。そこには、黒人の少女に怒鳴《どな》りちらす白人女性《じょせい》の写真が載《の》っていた。「ぼくは、この写真に、憎《にく》しみがにじみでていると思う」先生が新聞を置いた瞬間《しゅんかん》、終業のベルが鳴った。「みんなも、考えてみてくれ。念のためにいっておくが、答えは簡単《かんたん》には見つからないぞ」

授業《じゅぎょう》でも、宿題でも、簡単《かんたん》に見つかる答えはひとつもない。野球でさえ、簡単《かんたん》な答えはなかった。

17 その名はライカ、吠《ほ》える動物

十月二十六日、発信音がとまった。スプートニクはまだ宇宙《うちゅう》にいるが、発信用のバッテリーが切れたのだ。

その二日後、チャタヌーガの消印が押《お》された大きな茶封筒《ちゃぶうとう》がとどいた。ジャッキー・ミッチェルからの返信だ！　資料《しりょう》を目一杯《めいっぱい》つめこんだのか、パンパンにふくらんでいる。

すっかり興奮《こうふん》し、一分間飛びはねてから、ようやく開封《かいふう》した。中には、サイン入りの写真が一枚《まい》、新聞の切り抜《ぬ》きが一枚《まい》と、自筆の手紙が三枚《まい》入っていた。なんと、わたしと同じくらい悪筆だ。くりかえし二十回は読んだので、夕飯までに手紙はしわしわになっていた。

帰宅《きたく》したママに、さっそく報告《ほうこく》した。「ママ、見て！　ジャッキー・ミッチェルも、ベーブ・ザハリアスと同じように、ハウス・オブ・デービッドでプレーしてたんだって。それも、二年間！」新聞の切り抜《ぬ》きも見せた。「ベーブ・ザハリアスのこと、知ってるかな？」

「フフッ、図書館に行く用事が、またできたわね」

「うん。それとね、ママ、書類フォルダーを追加でもらえない？」

その週は、最高の一週間となった。が、週末はそうはいかなかった。

土曜の夜、両親が外出するというので、ジュールズが泊《と》まりに来た。けれど、わたしは気分が沈《しず》んでいた。屋根裏《やねうら》にこもっていると、ジュールズがママに挨拶《あいさつ》して、階段《かいだん》をのぼってくる足音がし、屋根裏《やねうら》にたどりつく前にしゃべりかけてきた。

「ねえねえ、ケイティ、うちのママを見せてあげたかったわ！　パーティーだからって、張《は》りきってドレスアップして、ハイヒールも――。あれ？　暗闇《くらやみ》に座《すわ》っちゃって、どうしたの？」

「べつに」

「明かり、つけてもいい？」

「うん」

「今日の悩《なや》みは、なに？」

「……なんでもない」

わたしは、大きな古机《ふるづくえ》の下に座《すわ》っていた。これまで机《つくえ》は、数週間かけて集めた資料《しりょう》で埋《う》まっていたが、いまはなにもない。

ジュールズが近づいてきて、空っぽの机《つくえ》を片手《かたて》でなでた。「今年の野球は、もう終わりってこと?」

「今年どころか、永遠《えいえん》に終わりよ」鼻水を袖《そで》でぬぐった。

「どうして? リトルリーグから、また手紙がとどいたの?」

「ううん、もっとひどいことよ」

「どういうこと?」ジュールズが、目の前の床《ゆか》に座《すわ》る。

ため息をついて、説明した。「きのうの午後、図書館に行ったら、司書がスポーツ雑誌《ざっし》のバックナンバーをとっておいてくれたの。エレノア・エングルっていう女性《じょせい》の記事」

「その人も、女子野球選手?」

「うん。アスレチックスのマイナーリーグのチームと契約《けいやく》してたんだって。一九五二年に。いまから五年前だね」

「あら、ドンピシャのケースじゃない」

「うん、最初はそう思って、わくわくした。お金を払《はら》って、コピーまでとったよ。ユニフォームを着て、チームといっしょに練習している写真が載《の》ってた。けどね、記事を読んでわかったの……試合に一度も出場してないって」

「えっ、辞《や》めちゃったの？」

「まさか！」思わず大声になった。「チームのマネージャーが、契約《けいやく》を破棄《はき》したの。女になんか、ぜったいプレーさせないって！」

「ひどい」

「実際《じっさい》は、もっとひどいの。今朝《けさ》、ママの大学の新聞閲覧室《えつらんしつ》に行って、エレノアの記事を大量に読んだんだけど、全部同じことが書いてあった。メジャーリーグのコミッショナーが、すべてのチームに女子選手との契約《けいやく》を禁止《きんし》するって宣言《せんげん》して、その日から有効《ゆうこう》なルールにしたの。もう、女子は、永遠《えいえん》にプレーできないってこと！」

「そこで、行き止まり？」

「うん。女子選手は存在《そんざい》したから、リトルリーグはまちがってたわけだけど、いまはルールで女子はダメって決まってる。もう、どうしようもないよ」

「じゃあ、あきらめるの？」

「うん……ううん。わからない。反証《はんしょう》したって、意味がないし」

しばらくして、ジュールズがいった。「でも、野球が好きなんでしょ。大好きなんでしょ」わたしを見つめて、つづけた。「ピアノの先生もね、交響楽団《こうきょうがくだん》のオーディションを受けたんだけど、女性《じょせい》だから雇《やと》ってもらえなかった、っていってたわ。それでも、先生は演奏《えんそう》をやめなかった」

「交響楽団《こうきょうがくだん》が、意見を変えたの？」

ジュールズが、となりに移動《いどう》してきた。「わたしの先生は雇《やと》ってもらえなくて、時間がかかったけど、最後には楽団《がくだん》も女性《じょせい》を受けいれるようになった」といって、わたしの肩《かた》に頭を乗せた。「だから、野球も、きっとそうなるわよ」

「うん……かもね」目をとじて、そのままならんで座《すわ》っていた。

玄関《げんかん》のベルが鳴る音につづき、インターホンからママの声が流れてきた。「ふたりとも、ピザよ！」

「食欲《しょくよく》、ないわ」

「あら、わたしはペコペコよ」と、ジュールズが机《つくえ》の下から這《は》いだした。「ほら、ケイティ、行こう」

夕食の席で、ジュールズがわたしの機嫌《きげん》を直そうとジョークを飛ばし、歌まで歌った。おかげで少しは機嫌《きげん》が良くなって、ママに寝《ね》なさいといわれるまでボードゲームで遊んだ。

日曜の朝は十時まで寝坊《ねぼう》し、着がえたころには太陽が照りつけていた。ジュールズといっしょに一階へおりるとちゅう、ふと、足をとめた。リビングでテレビの音がする。変だ。ママはテレビがあまり好きではなくて、夜もつけない。

「ママ、なにを観《み》てるの？」

「ニュースよ」ママは、まだローブ姿《すがた》だ。コーヒーカップを手にしているが、目がさめているようには見えない。

ジュールズが、不思議そうな顔をした。「こんな時間にニュースですか？　日曜の朝なのに？　夜の六時じゃないのに？」

ママが、カップを置いた。「臨時《りんじ》ニュースよ。ソ連が、また人工衛星《えいせい》を打ち上げたんですって」

「人工衛星《えいせい》の名前は？」

「スプートニク二号」

「なんの工夫《くふう》もしてない名前だね」

「そうねえ。でも、科学的には飛躍《ひやく》だわ。今回の衛星《えいせい》には、乗客がいるのよ」

「ええっ、ソ連は人間を宇宙《うちゅう》に送りこんだの？」ソファのひじ掛《か》けに、ドスンと座《すわ》った。

「ううん、人間じゃなくて犬よ。テリアかなにからしいわ」

ジュールズが首を振《ふ》った。「バスケットボールサイズの衛星《えいせい》に入るとしたら、すごーく小さい犬ですね。小さいころ、スコティッシュテリアを飼《か》ってたんですけど、体を丸めても、バスケットボールよりずっと大きかったです」

「今回の衛星《えいせい》はね、前よりはるかに大きいの。うちの車なみの重量があるわ」

「へーえ」思わず天井《てんじょう》を見あげ、うちの車が猛《もう》スピードで空を通過《つうか》するさまを想像《そうぞう》してみた。

「犬って、どこでウンチするのかな?」

ママが吹《ふ》きだした。「そこまでくわしいことは、報道《ほうどう》されてないわ」立ちあがって伸《の》びをし、テレビを消した。「さあ、キッチンに行きましょう。ラジオをつけて、ワッフルを作るわ」

その週は、野球についてくよくよ悩《なや》まずにすんだ。時事問題のテーマはもっぱらソ連の人工衛星《えいせい》で、新聞も統計《とうけい》データやくわしい技術《ぎじゅつ》をこれでもかと報道《ほうどう》した。けれどクラスメートが興《きょう》味《み》を持ったのは、そういうデータではなく、犬のほうだった。

犬はメスで、ロシア語で〝吠《ほ》える動物〟という意味のライカという名前だった。ライカの心音と呼吸音《こきゅうおん》を、地上の科学者が聞けるらしい。ライカはつながれているが、基本的《きほんてき》には健康だという。ライカは、かの名犬ラッシーよりも有名になり、新聞もその週はずっとライカに紙面の多くを割《さ》いた。

ラジオでは毎日、一分間の黙《もく》とうの時間がもうけられた。ライカが無事に帰還《きかん》できますようにと、祈《いの》りをささげるのだ。ところが新聞記者は週末にかけて、ソ連がライカを生きて帰還《きかん》させるつもりがないという事実をつかんだ。片道切符《かたみちきっぷ》の旅で、一週間分の酸素《さんそ》しかないらしい。ライカは、最初から、宇宙《うちゅう》で死ぬ運命だったのだ。もう、死んでいるかもしれない。

これには全米で非難《ひなん》の声があがり、プラカードやメガホンを持った抗議《こうぎ》デモがつづいた。打ちあげ後の十一月、ソ連の動きはとくになかった。それは、わたしも同じだった。野球女子選手の資料《しりょう》をすべて引き出しに入れ、いきおいよくしめた。もう、どうでもいいという気分だった。

そして感謝祭《かんしゃさい》明けの月曜日――。朝、ハーシュバーガー先生が、ある宣言《せんげん》をした。その宣言《せんげん》で、わたしの日々《ひび》はまたしても、大きく変わることとなった。

ハーシュバーガー先生は、身振《みぶ》り手振《てぶ》りをまじえつつ、教卓《きょうたく》の前を行ったり来たりして、演説《えんぜつ》した。

「この二カ月間、ぼくらはソ連の数々《かずかず》の偉業《いぎょう》について、新聞を読んできた。ソ連の飛躍的《ひやくてき》な科学技術《ぎじゅつ》に、おおぜいのアメリカ人が不安をおぼえ、アメリカは宇宙《うちゅう》開発競争に後れをとったと主張《しゅちょう》した。

だが、われわれの社会は、無防備《むぼうび》な動物を殺したりするだろうか？　答えはノーだ。では、善良《ぜんりょう》な市民とはどういうものか。きみたちは、もうわかる年齢《ねんれい》だ。そろそろ事実と史実の暗記だけでなく、一歩進んだ勉強をしてもらいたい。そこで、きみたちに研究プロジェクトに取りくんでもらおうと思う」

宿題がもっと増《ふ》えるってこと？　クラス中から、うめき声があがった。先生がつづけた。

「各自、アメリカ人のヒーローを選ぶこと。世の中を変え、自由と勇気と技術《ぎじゅつ》こそがアメリカの真髄《しんずい》だと、身をもって示《しめ》した人物を選ぶんだ」

クラスメートの女子が手をあげた。「先生、だれでもいいんですか？　それとも、歴史上の人物だけですか？」

「存命中《ぞんめいちゅう》の人物でも、歴史上の人物でもかまわない」

すると、手が次々《つぎつぎ》とあがった。「有名人でないと、だめですか？」「うちのパパでも、いいですか？」「男の人じゃないと、だめですか？　女の人でも、いいですか？」

ハーシュバーガー先生はむずかしい顔で考えてから、手をあげて、みんなをとめた。「アメリカ人のヒーローならば、だれでもいい。ヒロインでもいい。たとえば、リトルロックの高校に通った九人の黒人のような人物だ。きみたちが尊敬《そんけい》し、その行動を見習いたいと思える人物ならば、だれでもいい」教卓《きょうたく》の端《はし》に腰《こし》かけて、つづけた。「こちらからは、人物を指定しない。知恵《ちえ》をしぼり、考える力をのばしてほしい。先生を教育するチャンスと、とらえてくれ」

ひとりの男子が手をあげた。「先生、時事問題ではスポーツはだめですけど、今回はどうですか？」

先生は間を置いて、その子を見た。「スポーツ選手の場合、選考基準《きじゅん》はとても高くなる。ホームラン記録以外になにかしらりっぱな足跡《そくせき》を残した、真のヒーローでないとだめだ。いいね？」

「はい……」その子は、すっかりしおれていた。

先生は、さらにいった。「完璧《かんぺき》にしあげるための時間を、たっぷりあたえよう。ただのレポートではなく、研究プロジェクトだからな。なお社会の成績《せいせき》は、この研究プロジェクトのみで判定《はんてい》する。真剣《しんけん》に受けとめ、じっくりと考えてほしい。テーマを深く掘《ほ》りさげて、きちんと調べること」そして、教卓《きょうたく》のカレンダーを見た。「発表は、二月の第二月曜から始めるものとする」

二月？　いまは十二月の初めだから、二カ月後だ。たしかに、時間はたっぷりある。

じゃあ、だれをテーマにしよう？　そう考えた瞬間《しゅんかん》、全身が震《ふる》えた。記事と写真と手紙がはさまった、書類フォルダーのことを思いだしたのだ。だれを選ぶ？　ジャッキー・ミッチェル？　ベーブ・ザハリアス？　エレノア・エングル？

ただし、全員、スポーツ選手だ。ハーシュバーガー先生の高い選考基準《きじゅん》を満たすだろうか？全員、長くプレーしていないし、ルールを変えることもできなかった。

けれど先生は、勇気と技術《ぎじゅつ》を持つ人を選べ、ともいっていた。勇気と技術《ぎじゅつ》はまさに、女子選手の秀《ひい》でた資質《ししつ》だ。

久《ひさ》しぶりに、胸《むね》のつかえがとれた気がした。ジュールズもいっていたとおり、わたしは野球が大好きだ。同じように野球が大好きだった女子選手を見つけたい。

先生のいうとおり、テーマを深く掘《ほ》りさげ、きちんと調べようと心に誓《ちか》った。

18 キルガレン先生

翌日《よくじつ》の火曜日、終業のベルが鳴ると同時に、自転車置き場へ向かった。外は寒いが、晴れている。今日は図書館に早く行きたくて、自転車で登校した。早く調べ物を再開《さいかい》したい。社会の成績《せいせき》がかかっているから、なおさらだ。

そのとき、ジュールズが壁際《かべぎわ》で石ころを強く蹴《け》りとばしているのが見えた。いつものジュールズらしくない。

足をとめて、声をかけた。「ジュールズ？　どうしたの？」

「学校なんて、大っきらい。五年生なんて、大っきらい」

「ラナガン先生のせい？」

「ううん」ジュールズは首をふった。「教育実習生のキルガレン先生のせいよ。今日、Cマイナスをつけられた」

「ウソでしょ！」Cマイナスとは、ふつうの少し下にあたる成績《せいせき》だ。

「わたしだって、信じたくない」ジュールズが、また石ころを蹴《け》った。「生物の先生でね。授《じゅ》業《ぎょう》でピーナッツを切って、断面《だんめん》を観察してから食べた話、したわよね？」

「うん。楽しそうだった」

「そこまではね。でも、切断面《せつだんめん》を図にして、部位の名を独特《どくとく》のレタリングで書くことになって……。変な角度の文字を、サイズをそろえて、字と字の間隔《かんかく》もそろえて書けって……。ふつうの大文字で書いたら、いきなりCマイナスよ」

「ふうん。高校生になったら、なんでもタイプするらしいよ。なんで、わざわざ書き文字に凝《こ》るのかな？」

「さあ。もう、Cマイナスなんて、一度もとったことがないのに。パパに叱《しか》られちゃう……」

ジュールズがまた石ころを蹴《け》った。その石がフェンスに沿《そ》って転がり、草の中に消える。

と、白いボールがフェンスにぶつかって、金網《かなあみ》をゆらした。

「あっ、ごめん。そこにいるのが見えなかった」と、だれかの声が飛んでくる。

そっちを向くと、ジュールズが悪態《あくたい》をついて、「あの人よ」と指さした。「あれが、実習生のキルガレン先生」

ショートヘアの黒髪《くろかみ》の女性《じょせい》が、ジーンズと厚手《あつで》のグレーのジャージ姿《すがた》で、ホームベースに立っていた。ボールがつまったバケツを後ろに置き、バットを肩《かた》にのせている。見れば、フェンスに沿《そ》って、草の中に十個《こ》以上のボールが転がっていた。ソフトボールかと思いきや、なんと、硬式《こうしき》野球のボールだ。

そのとき、あるアイデアがひらめいた。図書館は明日もあいている。今日は、ジュールズのほうが大切だ――。

「ねえ、ジュールズ。Cマイナスの仕返しをしたい？」ぜったい打てないわたしの魔球《まきゅう》で、キルガレン先生と勝負するのだ。

「うん。でも、どういうこと？」

「いいから、来て」

ジュールズの腕《うで》を引っぱって、ホームベースに近づいていった。キルガレン先生は自分でボールをトスし、それをフェンスのほうに打っている。

「ボール、投げましょうか？」イエス、という返事を期待して、声をかけた。

最後にゲームをしたのは、一カ月以上前だ。ボールの感覚が恋《こい》しいし、ジュールズのために三振《さんしん》を奪《うば》ってやりたい。

キルガレン先生がバットをとめて、ジュールズに声をかけた。「あら、ジュリアナ。お友だち？」

「はい、ケイティです。ケイティ・ゴードン。ハーシュバーガー先生のクラスです」

「そう」キルガレン先生が、わたしをしげしげと見た。「あなた、投げられるの？」

「男子の仲間には、そう思われてます。ピッチャーなんで」

「じゃあ、投げてみる？」キルガレン先生が、バットを地面に立てて、腰《こし》にあてた。近くで見ると、腕《うで》に筋肉《きんにく》がついている。「いいわ。腕《うで》を見せてもらおうかしら。グラブはいる？」

「はい。自分のは、家に置いてきたんで」

キルガレン先生はベンチ脇《わき》に置いたズック製《せい》の袋《ふくろ》に歩みより、袋《ふくろ》をあけた。「右利《みぎき》き？　左《ひだり》利《き》き？」

「右です」と答え、コートを脱《ぬ》いだ。教科書といっしょにベンチに置いて、ジュールズにささやく。「フフッ、見てて。楽しいわよ」

革《かわ》のグラブに手を入れ、心地《ここち》よい革《かわ》の感覚にうっとりしつつ、マウンドのプレートへ歩いていった。

キルガレン先生が、ボールを軽く投げてよこした。「キャッチャーをやるわ。ウォーミングアップにつきあうわよ」と、ホームベースの後ろでしゃがむ。

堂に入った構《かま》えだ。経験《けいけん》があるらしい。

軽く二球投げて、腕《うで》をほぐしてから、ストレートを投げた。ボールがパシッと気持ちよい音を立てて、先生のグラブにおさまる。

先生が、ボールを投げかえしてきた。「もう、いいわね」自分のグラブをズック製《せい》の袋《ふくろ》にもどし、バットを持った。「さあ、期待してるわよ」

わたしは、にやりとした。ご期待とあらば、応《こた》えてやる！

まずは、スライダーで攻《せ》めた。先生は空振《からぶ》りして、目を見ひらき、ちらっとこっちを見てから、ボールを投げかえしてきた。次もスライダーだが、コースは逆《ぎゃく》だ。またしても空振《からぶ》りだったが、一球目ほどボールと離《はな》れた空振《からぶ》りではなかった。

先生が、にやりとする。「なにか決め球は、あるの？」

「ええ、ありますよ」次の球は、ジュールズのためだ！

だれにも打てないスーパー・ナックルを投げた。先生はフルスイングの空振《からぶ》りで、ボールがバックネットに音を立てて衝突《しょうとつ》した。先生はバランスを崩《くず》しかけたが、持ちなおし、ヒューッと口笛を吹《ふ》いた。

「いまのは、すごいわね！　もう一回、投げられる？」

「もちろん」

「よしっ。さあ、こい！」先生がまたバットを構《かま》え、わたしをじっと見つめる。

今度はかすった。そして、三球目。ナックルは回転がかかりすぎて、ライナーを打たれた。

「ナイスヒット」少し間をおいて、声をかけた。セーターの下は汗《あせ》ばみ、息が上がっていた。

冷えた空気に、吐《は》く息が白い。

「当然よ。昨シーズンの打率《だりつ》は、三割《わり》一分《ぶ》五厘《りん》だもの」先生が、バットを靴《くつ》にトントンと当てた。「生涯《しょうがい》打率《だりつ》は、二割《わり》六分《ぶ》八厘《りん》よ」

「へーえ、そうなんですか。どこでプレーを？　女子選手は契約《けいやく》できませんよね」

「三年間、サウスベンド・ブルーソックスでショートを守ったわ。リーグが解散《かいさん》してからは、アリントン・オールスターズで二年間、夏にプレーしたわよ」

今度は、わたしがびっくりする番だった。ホームベースへ近づきながら、質問《しつもん》した。「リーグって、どこのリーグですか？」

「全米女子プロ野球リーグよ」

「ええっ？」声が裏《うら》がえった。「女子野球のリーグ？」

「ええ、正真正銘《しょうめい》、女子野球のリーグよ」

えっ、女子野球のリーグがあったってこと？　すごい！

「あの、話を聞かせてもらえませんか？」興奮《こうふん》して声が震《ふる》えるのが、自分でもわかる。

キルガレン先生が腕《うで》時計を見た。「今日は、あまり時間がないんだけど」

「少しでいいです。なんでもいいので」

ジュールズのほうを見たら、あきれ顔をしつつ、ほほえんで、いいわよ、とうなずいた。

「発足したのは、一九四三年」先生が説明しはじめた。「男子を戦争にとられ、野球は当分おあずけだとだれもが思っていた時期に、シカゴ・カブスのオーナーのリグレーが、女子野球のリーグを作ると決めた。目的は、球場に観客を集めること」

「じゃあ、本格的《ほんかくてき》じゃなかったんですね」がっかりして、土を蹴《け》った。

「ちょっと待って。女子選手は本格的《ほんかくてき》だったわよ。最初のころはソフトボールで、下からしか投げちゃいけなかったけど、戦争が終わる一九四五年ごろには男子のように上から投げるようになっていたし、ボールだってメジャーリーグの公式ボールを使っていた」先生が、また腕《うで》時計を見た。「悪いけど、今夜は授業《じゅぎょう》があるのよ」

「あの、くわしいことは、どこで調べられますか？」

「雑誌《ざっし》の記事ならたくさんあるわよ。ライフ誌《し》とか。なぜ、そんなに知りたいの？」

そう質問《しつもん》されたので、ハーシュバーガー先生の研究プロジェクトについて説明した。

「へーえ、おもしろそうじゃない」先生がわたしの肩《かた》をポンポンとたたき、ズック製《せい》の袋《ふくろ》のチャックをしめはじめる。

そのとき、「待ってください」とジュールズが声をあげ、わたしにウインクした。「取引しませんか？」

キルガレン先生が、チャックをしめる手をとめた。「取引って？」

「二週間、レタリングの練習をさせてください。で、A評価《ひょうか》をもらえるくらい上手になったら、ケイティに女子野球リーグについて、じっくり説明してくれませんか？」

先生は、一分ほど考えこんだ。「そうね……プログラムや写真を集めたスクラップブックが、一箱分あるわ。クリスマスカードのやりとりをしてる女子選手の住所もある……。それでいい、ケイティ？」

「はい！　もう、本当に、すばらしいです」信じられない！　ジュールズのほうを見た。「わたしのために、いいの？」

「フフッ、シャザムよ。なにがあろうと、ささえあうんでしょ？　それに、ケイティったら、一カ月も暗い顔をしてたじゃない。つまらないわよ」ジュールズはそういうと、キルガレン先生のほうへ手を差しだした。「じゃあ、取引成立でいいですか?」

「えこひいきはしないわよ。実力でAを勝ちとるのね」

「ええ、わかってます。ピアノのレッスンを受けてるんで、練習には慣《な》れてます」

「じゃあ、おたがいプラスってことね」先生が、ジュールズと握手《あくしゅ》した。「レタリングでAをとれたら、聞いたこともない名選手をケイティに紹介《しょうかい》してあげるわ」

先生はズック製《せい》の袋《ふくろ》を肩《かた》にかけて、駐車場《ちゅうしゃじょう》へと去っていった。

「ありがとう、ジュールズ」コートを着ながらいった。「お礼に、なにかしてほしいことない?」

「考えておくわ。じつはね、今学期オールAをとれたら……体育以外は、だけどね。子犬を買ってもらう約束なの」

「うまくいくといいね」教科書の束を脇《わき》にはさんだ。「あーあ、わたしの字は、ジュールズよりも下手だからなあ。そうでなければ、代わりに……あっ!」あることを思いついて、パチンと指を鳴らした。「わたし、役に立つかも。デューイが機械製図《せいず》の授業《じゅぎょう》で使ったレタリングの本が、屋根裏《やねうら》にあるはずよ」

「やったあ! お手本があれば、バッハを弾《ひ》くよりは簡単《かんたん》よ」

それはそうだろう。楽譜《がくふ》を見たことがあるので、よくわかる。「うん、やったね！　じゃあ、自転車をとってくる。いっしょにたしかめに行こう」

19 宇宙《うちゅう》へ！

急いで帰宅《きたく》すると、ジュールズといっしょに屋根裏部屋《やねうらべや》に上がった。思ったとおり、レタリングの教本が見つかった。一九一七年発行の古い本だ。ジュールズはぱらぱらとめくって、にっこりとした。「うん、助かる！　キルガレン先生のレタリングと同じだわ。これさえあれば、だいじょうぶ」ページをめくり、「あっ、見て！　練習シートも、こんなにある」と、ガリ版刷《ばんず》りの用紙を見せてくれた。薄《うす》いブルーの点をなぞって、文字を練習するシートだ。

「それ、役に立つ？」

「うん、もう、完璧《かんぺき》。持って帰ってもいい？」

「もちろん」

水曜日も、自転車で登校した。今日こそ、一刻《いっこく》も早く、図書館に行きたい。女子プロ野球リーグがあるとわかったので、手がかりもある。

ふだんどおり終業前の十分間で、机《つくえ》の中をかたづけ、宿題の用紙を確認《かくにん》した。教科書もきちんと整理し、すぐにでも出られる用意をしていると、ハーシュバーガー先生が教卓《きょうたく》をトントンとたたいて、みんなの注意を集めた。

「今夜、全員に特別な宿題を出す。きっと楽しいぞ。ウォルト・ディズニーの番組をテレビで観《み》たことのある人は？」ほぼ全員の手があがった。「うん、わかった。今夜のディズニー番組は、宇宙探検《うちゅうたんけん》がテーマだ。これを観《み》て、明日の朝、ディスカッションをしよう。ちゃんとメモをとりながら観《み》るんだぞ」

終業のベルが鳴った瞬間《しゅんかん》、外へかけだした。図書館ではほぼ二時間、雑誌《ざっし》記事の索引《さくいん》とにらめっこして、メモをとった。一九四〇年代のライフ誌《し》やタイム誌《し》には、女子と野球をとりあげた記事が大量にあった。こういう事実をリトルリーグがひとつも知らないなんて、信じられない。リトルリーグの手紙が、ますますでたらめに思えてくる。

その晩《ばん》、七時半から、ママといっしょにウォルト・ディズニーのテレビ番組を観《み》た。『火星とその彼方《かなた》』という番組で、とてもおもしろかった。

翌朝《よくあさ》、時事問題のテーマは宇宙《うちゅう》一色だった。ディズニー番組の影響《えいきょう》だけではない。ニュース番組が、本物のロケットの話題でもちきりだったのだ。明日、ケープカナベラルという場所で、ようやくアメリカもバンガードＴＶ３という人工衛星《えいせい》を打ち上げる。

本音を言うと、アメリカの科学者には知恵《ちえ》をしぼって、スプートニクに対抗《たいこう》できる、もっと魅力的《みりょくてき》な名前をつけてほしかった。それでもハーシュバーガー先生は興奮《こうふん》し、ソ連とちがって我《わ》が国は、宇宙衛星《うちゅうえいせい》打ち上げを秘密《ひみつ》にせず、全米に生放送するのだといった。

「ただし、打ち上げ時刻《じこく》は、フロリダの現地《げんち》時間で午前十一時四十五分。残念ながら、ここバークリーでは、午前八時四十五分だ。みんなも知ってのとおり、始業ベルは九時きっかりに鳴る。ラジオの実況《じっきょう》放送を聞くしかないな」

けれど、ママの意見はちがった。「ママが先生に手紙を書いてあげるから、家で観《み》て行きなさい。今日の午後、パパから仕事場に電話があってね。ケイティに家で打ち上げを観《み》させるって、約束したのよ」

「バンガードって、パパが開発したロケットなの？」

「ううん、パパは陸軍と協力しているけど、バンガードは海軍のプロジェクトよ。それでも打ち上げが成功するよう、全米の科学者が祈《いの》ってるわ」

翌朝《よくあさ》の八時半、ママとソファに座《すわ》って待機した。八時四十五分、画像《がぞう》が発射台《はっしゃだい》に切りかわり、カウントダウンが始まった。カウントダウンがゼロになると、ロケットの下から灰色《はいいろ》の煙《けむり》があらわれ、ロケットは轟音《ごうおん》とともに打ち上げられた。が、二秒後には落下し、爆発炎上《ばくはつえんじょう》した。ロケットが横倒《よこだお》しになり、炎《ほのお》と煙《けむり》が四方八方に噴《ふ》きだして、白黒のテレビ画面は巨大《きょだい》な火の玉でいっぱいになる。数秒後には、スタジオに切りかわった。全米の視聴者《しちょうしゃ》同様、キャスターもショックをかくしきれないようすだったが、プロらしく冷静に対応《たいおう》していた。

ママがテレビを消した。「今回は、失敗ね」ちらっと時計を見た。九時まで、あと十二分ある。「はい、先生への手紙。急げば、遅刻《ちこく》しないかもしれないけれど」

急いで登校し、教室に入ったら、ハーシュバーガー先生は教卓《きょうたく》にラジオを置いていた。クラスメートは全員、世界が消滅《しょうめつ》したかのように、ぼうぜんとしていた。

アメリカにとって、世界は消滅《しょうめつ》したも同然だった。

宇宙《うちゅう》開発競争のワールドシリーズは、二対〇でソ連が勝っている。そして今日、アメリカチームは、三振《さんしん》してしまったのだった。

20
だれも知らない全米女子野球リーグ

クリスマス休暇《きゅうか》の前日、カフェテリアでランチを食べていたら、ジュールズがとなりにいきおいよく座《すわ》り、わたしのトレイのそばに一枚《まい》の紙を置いた。

「やったわよ、ケイティ！」

「レタリングでAをとったんだ！」すごい！

「うん。握手《あくしゅ》までしてくれた。でね、先生、年明けには別の学校に移《うつ》るから、もしまだ野球についてて知りたければ、終業ベルが鳴ったらすぐに来てくれって」

「うん、わかった」

終業ベルが鳴ると、すぐにキルガレン先生の教室に向かった。先生はせっせと荷物をまとめている最中で、月曜の午後に家に来るようにと、住所と電話番号を書いた紙をくれた。

月曜の午後、ノートとエンピツ、ペンとカメラを持って、家を出た。

アパートのドアをノックすると、キルガレン先生が出てきた。今日はジーンズに、カリフォルニア大学バークレー校の灰色《はいいろ》のトレーナーを着ている。部屋《へや》は、ミニキッチンつきの広いワンルーム。ソファのとなりにダンボール箱がひとつ、ソファの横のキッチンテーブルに大きな黒いスクラップブックが一冊《さつ》、置いてある。

「アップルジュースとクッキーでいい？　手作りじゃないけど」

「はい、ありがとうございます」

「で、ききたいことは？」

わたしは、ノートを広げた。「まず、全米女子プロ野球リーグには、チームがいくつあったんですか？　雑誌《ざっし》の記事では、四チームとか、もっとたくさんだとか、ばらばらでしたけど」

「最初のシーズンは四チーム。一九四三年ね。ラシーン・ベルズ、サウスベンド・ブルーソックス、ケノーシャ・コメッツと、ロックフォード・ピーチズよ」

「四チームの本拠地《ほんきょち》は、どこですか？」

「ウィスコンシン州、インディアナ州とイリノイ州。全部、シカゴ周辺よ」

「創設者《そうせつしゃ》がシカゴ・カブスのオーナーだから？」

「ご名答！　一九四八年にはミシガン州まで拡大《かくだい》して、所属《しょぞく》チームも十に増《ふ》えた。わたしがチームに入ったのは、一九五三年。そのころには、チーム数は六に減《へ》ってたけど」

「選手は全員、シカゴ出身だったんですか？」

「最初のころは、シカゴ出身の子が多かったわね。でもそのあとは、スカウトが全米のソフトボールリーグや工場のチームを回って、選手を集めるようになった。元ブルマーガールにも声をかけるようになったわ」

「ブルマーガールって、なんですか？」

「それは別の話になるから、ノートにメモしておいて。時間があれば、説明するから。とにかく、リーグ創設《そうせつ》の一年目は、二百名以上の女子が、シカゴへ選抜試験《トライアウト》を受けに来た。けれどその多くが、美人じゃないという理由で不合格《ふごうかく》になった」

「はあ？　野球となんの関係があるんですか？」

「ないわよ、ぜんぜん。でも、そういうものだった。リーグ創設者《そうせつしゃ》のリグレーは、あくまでも見た目はレディーで、男子のようにプレーする選手がほしかったのよ」

「あっ、そっか。図書館で読んだ記事の見出しの意味が、ようやくわかりました。えええっと……」

ノートをめくった。「『バットを持つ美女』とか『世界一、美女ぞろいの野球チーム』とか」

「ああ、その記事なら持ってるわ」先生がスクラップブックをひらいた。「最後の行なんて、こうよ。『リップスティック・リーグでは、シーズン通してバレンタインデーだ』ですって」

先生もわたしも、あきれかえった。

「写真も何枚《なんまい》か見ました。女子選手は本当に、スカートでプレーさせられてたんですか？」

「そうよ」先生がスクラップブックをめくって、あるプログラムを指さした。

表紙には、グラブを高くかかげてジャンプしている女性《じょせい》が載《の》っていた。たしかに、スカートをはいている。しかもプレーの邪魔《じゃま》にならないよう、かなり短い膝上丈《ひざうえたけ》だ。

「ほら、ね。ファンが見たいのは、おてんば娘《むすめ》じゃなくてレディーだって、上層部《じょうそうぶ》は考えていたわけ。ルールもかなりきびしかった。公共の場での飲酒、喫煙《きつえん》、ズボンは禁止《きんし》、だもの」

「本格的《ほんかくてき》にプレーしていたんじゃないんですか」なんとなく裏切《うらぎ》られた気がして、がっかりした。

「本格的《ほんかくてき》だったわよ。ルールを作ったのは、あくまで男性《だんせい》のお偉方《えらがた》。こっちは真剣《しんけん》にプレーしてた。あのね、いいもの、見せてあげる。ぜったい、まだ見てないと思う」先生がダンボール箱をごそごそとかきまわし、一冊《さつ》の本をキッチンテーブルに置いた。「一九四七年のメジャーリーグの名鑑《めいかん》。表紙はだれか、わかる？」

「年間最優秀《さいゆうしゅう》選手のスタンリー・ミュージアルですよね」

「そう。じゃあ、裏《うら》表紙を見てごらんなさい」

名鑑《めいかん》を引っくりかえし、驚《おどろ》きのあまり、ぽかんと口をあけた。バットを大きく振《ふ》る女性《じょせい》が載《の》っていたのだ――〈ソフィー・クーリス、年間最優秀《さいゆうしゅう》女子選手。全米女子プロ野球リーグ〉。さっそくカメラで写真を撮《と》った。名鑑《めいかん》の後半二十ページは、女子リーグの特集だった。写真や記事、打点、防御率《ぼうぎょりつ》、首位打者、優勝《ゆうしょう》決定戦など、女子野球リーグのデータがそろっている。

「ね、ケイティ、本格的《ほんかくてき》でしょ?」

データを必死に書きうつしながら、うなずいた。「このソフィー・クーリス選手ですけど、たった一シーズンで二百一盗塁《とうるい》って、本当ですか?」

先生は声をあげて笑った。「それも二百三回走って、二百一回成功ってことよ。生涯《しょうがい》では、千盗塁《とうるい》を超《こ》えるわね」

わたしは、仰天《ぎょうてん》して目をむいた。「あのタイ・カッブでも、八百九十二盗塁《とうるい》なのに……。世界記録じゃないですか」

「男子選手だったらね。しかもタイ・カッブはズボンで盗塁《とうるい》したけど、ソフィーは生脚《なまあし》で盗塁《とうるい》よ」

「うわっ、痛《いた》っ!」腕《うで》を何度もすりむいていたので、どれだけ痛《いた》いか、想像《そうぞう》はつく。

「でしょ。スカートの下にショーツをはいていたけど、膝《ひざ》から腰《こし》まですりむけることもあった。人のいる場所では赤いすり傷《きず》のことを、お上品に〝いちご《ストロベリー》〟なんていってたけどね。その名鑑《めいかん》に載《の》っているのは、全米女子野球リーグの最初の四年分だけよ」

先生はスクラップブックをめくって、つづけた。

「全米女子野球リーグが存在《そんざい》した十二年間、ずっとプレーした選手がいるわ。ドティー・シュレーダー。きみが男なら五万ドルで契約《けいやく》するのにって、カブスのマネージャーからいわれた選手よ。女子野球リーグの絶頂期《ぜっちょうき》には百万人以上の観客がつめかけたし、中西部全体に女子版《ばん》リトルリーグもあった……。リーグが消滅《しょうめつ》した時点で、全部、すたれたけどね」

「女子版《ばん》リトルリーグが、いまもあればいいのに」

「ほんとに。わたしたちのような女子選手には、それが最大のハードルよね。男子はリトルリーグから大学野球まで、あらゆるレベルでコーチに基礎《きそ》を教われる。けれど女子には、そういうチャンスがない。だから、男子と競《きそ》える技術《ぎじゅつ》も経験《けいけん》も、永遠《えいえん》に得られない」

「で、女子は野球ができないっていうんですよね」

先生はうなずいた。「女子は野球ができない、なんていうヤツは、女子野球の歴史を知らないだけ。全米女子野球リーグだけで、六百人以上の選手がプレーしたんだから」

ええっ！　むせて、アップルジュースをテーブルに噴《ふ》きそうになった。

「じゃあ、なぜ、だれも知らないんですか？　野球の歴史本に、なぜ女子野球が出てこないの？」

「それは、じつにいい質問《しつもん》だわ」

わたしは、ため息をついた。「つまり、答えは簡単《かんたん》には見つからないってことですか？」

「たぶん、チームはシカゴ周辺にかぎられていたから、全国紙には載《の》らなかったんじゃないかな。載《の》ったとしても、ほんの数回。でも地元紙では、けっこう記事になってるのよ。ほら」と、先生がスクラップブックをぱらぱらとめくり、黄ばんだ新聞記事を見せてくれた。「リーグ消《しょう》滅《めつ》がたった三年前なんて、信じられないわ」

「なにがあったんですか？」つい、大きな声になった。

「客が集まらなくなったのよ。野球を観《み》たい人は、テレビで観《み》るようになったから。まあ、わたしは運が良かったほうよ。リーグ消滅後《しょうめつご》も、数年間、巡業《じゅんぎょう》チームでプレーできたから。そのチームも、去年の八月につぶれたけどね」

「将来《しょうらい》、別のリーグができる可能性《かのうせい》は？」

「なんともいえない。でも、ここで終わらせる理由はないわね。野球が始まったときから、女子はずっとプレーしてるんだし」先生は、また、スクラップブックをめくった。「ほら、これがいい例よ」

身を乗りだして、のぞきこんだ。「ロイス・ヤンゲン……。なにで有名な選手なんですか？」

「ロイスは、とくに有名じゃない。けれどチームメイトだったとき、故郷《こきょう》の女性《じょせい》選手の話をしてくれたの。アルタ・ウェイスというピッチャーでね。一九〇七年からプレーし始めて、ウェイス・オールスターズという自分のチームを作った。父親が専用《せんよう》の練習場まで建ててくれたんですって」

「一九〇七年？　タイムトラベルできたら、直接《ちょくせつ》話を聞けるのに……」

「あら、いまでも聞けるわよ。もう引退《いんたい》してるけど。野球で稼《かせ》いだお金で医学部に進学して、いまもオハイオ州に住んでるわ。ロイスなら、住所を知っていると思う」

「えっ、ほんとに？　まだ、生きてるんですか？」

「ええ、ピンピンしてるわ。六十代後半じゃないかしら」

「アルタ・ウェイスは、さっきいってた……」ノートを見て確認《かくにん》した。「……ブルマーガールだったんですか？」

「ううん。プレーしていた期間は、ほぼ同じだけどね。ブルマーガールといえば、ラウリ先生がそうよ。この地区の中学の体育の先生。知ってる？」

ぎょっとしたわたしを見て、先生がたずねた。

「なに？　どうしたの？」

「友だちのお姉さんが習ってて、あだ名をつけた先生だと思うんです……ドラゴンレディって」

先生は声をあげて笑った。「ハハッ、いくらなんでも、炎《ほのお》は吐《は》かないわよ。でもタフなのは、まちがいないわ。二十年近く、プロ野球チームでプレーしたわけだし。直接《ちょくせつ》、きいてみたら？きっと、おもしろい話を聞けるわよ」

「はい……そうですね」平気な顔をよそおって答えた。

ほかにも雑誌《ざっし》の記事や新聞の切り抜《ぬ》きを大量に見せてもらい、調べるのに必要な日付と名前と住所をノートにメモしていった。

ふと気づけば、太陽が建物の陰《かげ》にかくれようとしていた。夕日に染《そ》まる窓《まど》をながめて、先生がいった。「暗くなる前に、帰らないとね」

「はい」四時間もたったなんて、信じられない。「ひとつ、きいてもいいですか？」

「ええ、なに？」

「こんなに長年、おおぜいの女子がプレーしてきたのに、リトルリーグはなぜ、野球はずっと男子のものだったなんていえるんですか？」

「それはね、大学の体育もそうなっているから。男子は野球、女子はソフトボールって決まってる。史実とちがっていても、関係ない。代々《だいだい》、男子にいいつづけてきた、ただの通説よ。けれど長年いいつづければ、そういうものだと、だれもが思いこむ」

「わたしたち以外は、ですよね」

「そう、わたしたち以外はね」チケットの半券《はんけん》を指でなぞる先生の顔には、さびしげな笑《え》みが浮《う》かんでいた。「わたしたちは、ひたすら、大好きな野球をしていただけ。それがどんなに特別なことか、当時はぜんぜん、わからなかったけどね」

21
強打者チップ

年明けの一九五八年一月、最初の月曜から学校が始まり、席替《せきが》えで五班《はん》になった。同じ班《はん》に、見たことのない顔があった。黒人の男子で、名前はチップ・ベル。オークランドから引っ越《こ》してきた転校生だという。

チップとは向かいあわせに座《すわ》っていたので、午前中、つい、ちらちらと見た。背《せ》は、わたしより少し高い。髪《かみ》は黒く、チリチリでかなり短い。腕《うで》が長く、指が細長い。物静かだが、頭がいい。算数の問題をすらすらと解《と》いている。

チップがじつは強打者でもあることが、昼休みにわかった。

外は肌寒《はだざむ》かったが、ここ数日は雨がふっていないので、いつものメンバーで外に出た。今日はチップにくわえ、ラナガン先生のクラスの新顔もいるので、ゲームができそうだ。

わたしがいるのを見て、チップは驚《おどろ》いた顔をしたが、頭がいいだけに、よけいなことはいわなかった。ピーウィーが真っ先にわたしを自分のチームに指名するのを見て、今度は目を丸くした。

チップは相手チームに入った。もうひとりの新顔も相手チームに入ったが、その子はだまっていられず、大声でこれみよがしにいった。

「へーえ、楽勝だな。あっちは、女子だぜ」と、ほかの子がうなずくのを期待して、周囲を見まわす。

だが、だれひとり、うなずかなかった。

「まあ、かもな」常連《じょうれん》メンバーの男子が、にやりとする。あれは、おもしろいいたずらをしかけるときの、男子の笑いだ。

うちのチームは先攻《せんこう》で三者凡退《ぼんたい》に終わり、わたしはピッチャーとしてマウンドに上がった。

第一打者は、あの新顔の子だった。先頭打者に選ばれたわけは、よくわかる。肉付きがよく、いかにも打てそうな体型だ。その子はバットを肩《かた》にのせて打席に立ち、フン、と薄笑《うすわら》いを浮《う》かべて、こっちを見た。「お嬢《じょう》ちゃーん、ふわふわの球をたのむぜ！」

「うるせえよ！」ピーウィーが一喝《いっかつ》して、構《かま》えた。

新顔が、驚《おどろ》いてピーウィーのほうを見る。

ピーウィーは、ストレートのサインを送ってきた。ノー、と首を振《ふ》ると、スライダーのサインを送ってくる。うなずいて、スライダーを投げた。

新顔は、空振《からぶ》りした。「フン、いまのはラッキーだぜ」と、またしてもほかのメンバーを見たが、だれひとり、ほほえみかける者はいない。

次もスライダーを投げ、またしても空振《からぶ》りだった。新顔が顔を紅潮《こうちょう》させ、拳《こぶし》が白くなるほどバットをにぎり、にらみつけてくる。

ピーウィーがうなずくのを見て、得意のナックルを投げてやった。

「三振《さんしん》！　はい、次」と、ピーウィーが声をあげる。

新顔は足を踏《ふ》みならし、無言で下がった。

次の打者も打ちとり、チップが打席に立った。最初のストライクはバットを動かさずに見おくり、うなずいた。次のボールはバットを振《ふ》ったが、わずかにとどかず、首を振《ふ》っていた。三球目は切れのあるスライダーだったが、タイミングをわずかにずらしてバットを振《ふ》った。見事にとらえたボールは、グラウンドの金網《かなあみ》を越《こ》えていった。

ベースを回るチップを目で追っていたら、三塁《るい》を回ったとき、にっと笑いかけてきた。わたしも、間をおいて笑いかえした。

次のバッターを打ちとったあと、ベルが鳴ったので、ゲームはここまでとなった。

新学期が始まって二週間目の木曜日、帰ろうとしたら、チップが教室の外でわたしを待っていて、声をかけてきた。

「今週末、あいてる?」

「うん。なんで?」

「いや、おれの仲間といっしょに、どうかなと思って……」さりげない口調で、算数の教科書をバットのように振《ふ》ってみせる。

「いいわよ。いつ?」わたしもさりげなく答えたが、内心では少し驚《おどろ》いていた。知っている子がいないゲームに、誘《さそ》われるとは!

「土曜の午後。近所に空き地があるんだ。ふだんはいとこが投げるんだけど、指を切っちゃってさ」

「うまくボールをにぎれないってことね。わかった」空き地の場所を聞いてから、自分のスカートを見て、たずねた。「あの……ごちゃごちゃ、いわれない? わたしが、その……」あえて最後までいわずに、つづけた。「ジャージとジーンズでプレーするし、ゴードンって呼《よ》んでもらっていいから。それなら、だれもすぐには気づかないし」

チップは、少し考えた。「ひとり、うるさそうなのがいるけど、あのスライダーを見たらだまるさ。ま、関係《かんけい》ないよ。おれが誘《さそ》ったんだし」そして、わたしを見つめた。「うちのメンバーは、全員黒人なんだ。それって、気になる?」

「全員、まともにプレーできる?」

「うん。個人差《こじんさ》はあるけど」

「じゃあ、問題ないわ」

「了解《りょうかい》。じゃあ、昼ごろにな」

22 ドラゴンレディ、かく語りき

その日の帰り道は、チップよりドラゴンレディのことで頭がいっぱいだった。冬休みの間ずっと、勇気をふりしぼろうとしてきたのだ。

とうとう意を決し、ドラゴンレディのいる中学校に電話してみた。電話に出た女性《じょせい》が「少しお待ちください」といい、しばらくすると、ひどい風邪《かぜ》でもひいたような女性《じょせい》の声がした。

「もしもし、ラウリですが。ご用件《ようけん》は?」

「あの、初めまして」手が痛《いた》くなるくらい、受話器をにぎりしめた。「わたし、ケイティ・ゴードンといいます。ルコント小学校の五年生です。インタビューさせていただきたいんですが」息をとめた。「お願いできませんか?」

受話器の向こうから、クックックッと笑う声が聞こえてきた。「インタビュー? なににつかいて?」

「野球です」

「野球……」十秒間ほど、沈黙《ちんもく》がつづいた。もう、がまんできない！

「あの、キルガレン先生から、おもしろい話が聞けるってすすめられて」

「キルガレン……ああ、デボラね」ざらついた声は驚《おどろ》いていたが、うれしそうでもあった。

「なるほど。バレーボールの練習があと十五分で終わるんだけど、あなた、それまでにここに来られる？」

「ええっ、今日ですか？」びっくりして、声が裏返《うらがえ》った。

「あと一、二時間なら、ここにいられるわよ。明日は、チームといっしょに遠征《えんせい》だけど」

「あの、はい、行けます」手が汗《あせ》でベトベトだ。

「そう。じゃあ、通用口に来てちょうだい。ドアに体育館って書いてあるから」

ノートとインタビュー道具をバッグに入れて、近所の中学校へ早足で向かった。体育館のドアから十人以上の女子がおしゃべりしながら出てきたが、わたしには目もくれない。

そのとき、電話と同じ声がした。「あなた、ケイティね？」

ドアの入り口に、しわくちゃな顔の女性《じょせい》が立っていた。背《せ》はわたしより少し低く、髪《かみ》をおだんごにまとめ、おばあちゃんがよく使うヘアピンでとめていた。腕《うで》と足は細く、日焼けしている。

「はい。ラウリ先生ですか？」少し考えてから、握手《あくしゅ》しようと手を差しだした。

先生の手は、見た目よりも握力《あくりょく》があった。「お入りなさい。オフィスでなら話せるわ」

先生のオフィスは、うちの浴室よりもせまく、壁《かべ》にトロフィーと額《がく》入《い》りの写真がならんでいた。写真の中の女子はバスケットボールやホッケーのスティック、野球のバットを持っていて、スカート姿《すがた》の選手もいれば、セーラーブラウスとだぼっとしたパンツ姿《すがた》の選手もいる。

ラウリ先生は机《つくえ》の向こうに座《すわ》り、わたしに椅子《いす》をすすめると、あらためてこっちを見て、ほほえんだ。

「なぜ、野球の話を？」

先生の青い目は、こわいくらい、きりっとしている。お説教や居残《いのこ》りのために呼《よ》ばれたのでなくて、本当に良かった。

「昔、プレーしてらしたんですよね、プロとして」

「はるか昔のことよ。なぜ、いまさら、聞きたいの？」

要点をまとめておいたので、すらすらと説明できた。まずリトルリーグ、次に学校の研究プロジェクトについて説明し、本格的《ほんかくてき》な野球をし、世の中を変えようとした女性《じょせい》をさがしているのだと伝えた。

説明を終えて、一息つくと、ラウリ先生がほほえんで、いった。

「リトルリーグにしめだされても、泣き寝入《ねい》りせず、あきらめてないってわけ？　勇気あるじゃないの」

「まちがっているのは、向こうですから」肩《かた》をすくめて、ノートを広げ、質問《しつもん》を始めた。「いつから、プレーしはじめたんですか？」

「歩けるようになってすぐ、かしら。うちは大家族でね。男が五人に、女が三人。裏庭《うらにわ》では、いつも野球をしてた。姉や妹は農家の娘《むすめ》らしく、縫《ぬ》い物や料理にいそしんだけど、わたしは家の手伝いが終わると、すぐにゴロをさばいてた。夏になると、週末に巡業《じゅんぎょう》チームが回ってきたものよ」先生は、いったん間をおいてからいった。「巡業《じゅんぎょう》チームって、知ってる？」

「いいえ」

「町から町へ、渡《わた》り歩いて野球をするチーム。スタジアムもリーグも組織《そしき》もない。ひたすら巡《じゅん》業《ぎょう》し、入場料目当てに地元のチームと対戦するのよ」

「男子の巡業《じゅんぎょう》チームに、入れてもらえたんですか？」

「まさか」先生は、首を振《ふ》った。「観戦しただけ。観客席とか、フェンスの外からとか」フッと笑って、つづけた。「十四歳《さい》だった一九一一年の夏、ウェスタン・ブルマーガールズが巡業《じゅんぎょう》してきた。モード・ネルソンという女性《じょせい》が経営《けいえい》しているチームでね」と、先生がこっちを見た。「モード・ネルソンという名前を、書いておきなさい。モードは花形投手で、マネージャーでもあり、オーナーでもあった。PRを一手に引きうけ、スカウトまで指揮《しき》した人よ」

モード・ネルソン、とノートに走り書きした。

「あのときは、チームが列車で到着《とうちゃく》するのを見たくて、兄たちと駅まで走っていった……」先生は、遠くを見るような目をした。「モード・ネルソンは、ショーの見せ方を知っていた。それこそが、チケットをさばくコツなのよ。地元のマーチングバンドを雇《やと》って、大通りで派手《はで》に演奏《えんそう》させ、そのあとをユニフォーム姿《すがた》の選手たちがパレードした。しかも、全員女子。女子選手の一団《いちだん》が華《はな》やかに笑ったり、観客に手を振《ふ》ったりしながら、通りを練り歩いたのよ」

「あの、なぜブルマーガールっていうんですか？」

「足首のところですぼまっている、だぼっとしたブルマーというパンツをはいていたから。『アラビアンナイト』に出てくるアラジンみたいなズボンね。女性解放《じょせいかいほう》運動家アメリア・ブルマーが創案《そうあん》したので、そう呼《よ》ばれてるの。ブルマーはね、女子アスリートが自由に体を動かせるようになった、初めての服よ」先生が壁《かべ》のほうを向き、一枚《まい》の古い写真を指さした。「あれがブルーマーガール。モード・ネルソン率《ひき》いるブルマーガールは野球のパンツをはいていたけど、名前だけ残った」

「そうなんですか」いまの説明も、ノートにせっせと書いた。わたしのような女子が、まちがいなく、過去《かこ》にもおおぜいいたのだ。その人たちは、いわばチームメイトのようなもの。チームメイトのすべての過去《かこ》、すべての歴史を知りたい。

「とにかく」と、先生は話を元にもどした。「パレードを球場まで追いかけて、昼食のお金でチケットを買って、生涯《しょうがい》で一、二を争うすばらしい試合を観戦したわ。試合後、観客席をすりぬけて、投手に話をしに行ったの。とりまきがおおぜいいたけど、なんとか近づいたら、グラブを持つわたしに、投手が目を留《と》めてくれてね……」

わたしはすっかり聞きいって、椅子《いす》の端《はし》まで身を乗りだしていた。先生がつづけた。

「にっこり笑って、『選抜試験《トライアウト》、受けてみる？』って声をかけてくれた。『えっ、いいんですか？』ってたずねたら、軽く肩《かた》をすくめて『まずは、お手並《てな》み拝見《はいけん》ね』って。あのときは緊張《きんちょう》して、まともに話せなかったけど、グラブをはめてボールを受けたら、すぐに調子がもどった」

「あの、その気持ち、よーくわかります」わたしの気持ちがわかる大人がいるなんて！　両腕《りょううで》に鳥肌《とりはだ》がたった。

「ふふっ、最高よね？　ヒットを打って、ゴロをキャッチしていたら、なんと、あのモード・ネルソンが、じきじきに見に来てくれたのよ。『いい腕《うで》をしてるわね』って声をかけられて、年《ねん》齢《れい》をきかれたわ。サバを読もうかと思ったけれど、ウソは良くないと思って、十四歳《さい》ですって正直に答えたら、『その調子でがんばりなさい。もし二年たってもまだプレーしたければ、連《れん》絡《らく》して』っていわれてね。シカゴの住所が書いてある、本物の名刺《めいし》をくれたのよ」

「そのあとも、がんばったんですか？」

「ええ、もちろん。家の手伝いで、リンゴの箱を直売所まで運んだり、干《ほ》し草の束を馬に持って行ったりして、肩《かた》と腕《うで》の筋肉《きんにく》をしっかりつけた。チャンスがあれば、野球をしたわよ。納屋《なや》の壁《かべ》に的を描《か》いて練習して、庭のどこからでも当てられるようになった」

「で、そのあとは？」

「二年後、十六歳《さい》になって手紙を書いたら、本物の選抜試験《トライアウト》を受けにシカゴへ来いって、電報《でんぽう》をよこしてくれた。選抜試験《トライアウト》の野球場に着くまでは、もう、膝《ひざ》が震《ふる》えっぱなしだったわよ。でも、いざフィールドに出たら、問題なかった。で、その場で正式な契約《けいやく》にこぎつけて、ユニフォームをもらった。うちの母にサイズをつめて、裾上《すそあ》げしてもらったけどね。娘《むすめ》がプロ野球選手になることに、母はいい顔をしなかったけれど、家が経済的《けいざいてき》に苦しかったから、仕送りするからって説得した」

「給料をもらえたんですか？」

「もちろんよ。週に十五ドル。店員として働いていた兄よりも、三ドル高かったわよ。その年は控《ひか》え選手でね。とにかく、できるだけ貯金した。そして高校を卒業して、オフシーズンに大学に進学して、グラブを置いて引退《いんたい》するころには、体育の修士号《しゅうしごう》を取得してたってわけ」と、先生はせまいオフィスをぐるっと見まわした。「で、一九二九年から、この学校で教えているわ」

「つまり……」頭の中で暗算した。「現役《げんえき》選手として稼《かせ》いだのは……十六年間？」

「まあ、そのくらいね」

「ブルマーガールのチームは、いくつぐらいあったんですか？」

「数えきれないくらい、あったわよ。大半は記録に残っていないけどね。一八八〇年代から一九三〇年代にかけて、巡業《じゅんぎょう》チームや工場チーム、地元のチームなどが全米を回ってプレーした。ツアーは各駅停車で町から町へ。とまるたびに列車を降《お》りては、いろいろな男子チームと対戦したものよ。わたしだって、二十四州でプレーした。あれは、最高の教育だった」

「うわあ！　チームメイトに、有名選手とかいます？」

「どうかしらねえ……。大半の女子は一、二シーズンで結婚《けっこん》して、引退《いんたい》したし」先生は机《つくえ》に指をトントンと打ちつけて、考えこんだ。「エディス・ホートン。二十年あまりキャッチャーをつとめてから、フィラデルフィア・フィリーズのスカウトになった人よ。メジャー初の女性《じょせい》スカウトね」先生はにこっとして、つづけた。「そうそう。わたしがタッチアウトにしたなかに、ロジャース・ホーンスビーがいたわ」

「ええっ！」ペンを落としそうになった。ロジャース・ホーンスビーは、ベーブ・ルースと同じくらい有名な選手で、やはり野球殿堂入《でんどうい》りしている。「じゃあ、セントルイス・カージナルスと対戦したんですか？　それともシカゴ・カブス？」

「ううん、そうじゃない。ウソのようなホントの話なんだけど、ホーンスビーは高校時代、ボストン・ブルマーガールにいたの。ブルマーをはいて、女子のかつらをかぶって、二塁《るい》を守ってたのよ」先生は、声をあげて笑った。「野球カードでは、ぜったいにお目にかかれない姿《すがた》だわ」

「ですよね。ブルマーガールのチームに男子がいるのは、なんか……ずるくないですか？」

「ウソをついていたらね。巡業《じゅんぎょう》チームには、男女混合《こんごう》チームがけっこうあった。野球が大好きで、観客が満足するプレーを見せられれば、それで良かったのよ」

「ブルマーガールのチームは、どうなったんですか？」

「あらわれては消えていった。最後まで残ったチームも、一九三〇年代には消滅《しょうめつ》した。大恐慌《だいきょうこう》で、野球を観戦する余裕《よゆう》などなかったし、チームも巡業費用《じゅんぎょう》がなかった。それにね、そのころの女子は、学校でソフトボールしかやらなくなった。いわゆる女子の野球ってやつよ」と、先生はバカにして鼻を鳴らした。「ハッ、あんなの、おふざけよ。けなすつもりはないけれど、野球じゃないわね。いまでは、カリキュラムもきっちり分かれてる。女子はソフトボール、男子は野球。別々《べつべつ》だけど平等ってわけ。わたしには、差別としか思えないけどね」

「差別は違法《いほう》だって、最高裁判所《さいこうさいばんしょ》が判断《はんだん》したんじゃないんですか？」

「スポーツは例外なのよ」先生はため息をついた。「あなたのような本物志向《しこう》の女子を見ると、元気が出るわ」壁掛《かべか》け時計を見て、つづけた。「ほかに質問《しつもん》は？　うちの小犬がおなかをすかして待っているんだけど」

「あっ、すみません」ノートをとじて、立ちあがった。「いろいろと教えてくださって、ありがとうございました」

「どういたしまして。うちの屋根裏《やねうら》にスクラップブックがある。助手に記事をコピーするよう、いっておくわ。来週、電話して」

先生といっしょに、だれもいない更衣室《こういしつ》を通りぬけて外に出た。

今日はいろいろと新しい発見があった。けれど、たどりつく結論《けつろん》は変わらない。女子野球の歴史は古いが、現在《げんざい》はすたれているという事実は、変わらなかった。

23 遠征《えんせい》

土曜の朝は、さわやかに晴れた。上着がいるくらい、涼《すず》しい。グラブと予備《よび》のボールをひとつ、自転車のかごに入れて、チップに教えられた空き地へ向かった。チップの家のあたりは、小さな家が多い。錆《さ》びた車がとまっている家もある。

空き地の前の歩道に黒人の男子が集まって、笑ったり、こづきあったりしていた。近づいていくと、全員だまりこんだ。みんな、Tシャツの上にシンプルなシャツ、下はジーンズ、頭にはキャップと、わたしと同じかっこうをしている。キャップは、レッドソックス、ヤンキースといった有名チームのものもあれば、モナークス、クレオールズ、クラウンズといった知らないチームのものもある。たぶん、マイナーリーグだろう。

「おはよう、チップ」チップに声をかけた。

「よう、ゴードン」チップが手を振《ふ》り、友だちのほうを向いて、紹介《しょうかい》してくれた。「ゴードンは、おれのクラスメート。今日のうちのチームのピッチャーだ」

「おいおい、白人にプレーさせるのかよ？」中のひとりが、レバーでも食べたように顔をしかめた。

「野球は、もう、人種統合《とうごう》されてるんだ。知らないのかよ」チップはその子をにらみつけ、仲間をざっと紹介《しょうかい》してくれた。

笑《え》みを浮《う》かべている子はいなかったが、喧嘩腰《けんかごし》の子もいない。自転車を木に立てかけ、キャップを少し押《お》しさげ、両手をポケットにつっこんだ。

わたしのいるチップのチームが先攻《せんこう》となり、相手チームのピッチャーがマウンドに立った。黒ぶちのメガネをかけた、細い子だ。先頭打者のチップがヒットを飛ばし、次の打者は打ちとられ、わたしの番となった。ピッチャーの投球フォームは悪くないが、新顔のわたしを打ちとろうと力みすぎているようだ。三球目をバットの先でとらえると、ボールは二塁《るい》近くの石に当たってバウンドし、おかげで一塁《るい》セーフとなった。結局、この回はチップがホームインして一点入れたが、後続が凡退《ぼんたい》し、攻守交替《こうしゅこうたい》となった。

わたしはグラブを持ってマウンドに立ち、二者連続で三振《さんしん》に打ちとった。三人目にヒットを打たれたが、次の打者をスライダーでしりぞけ、この回は終わった。

「やるな、ゴードン」マウンドに向かう相手チームのピッチャーから、声をかけられた。

ワオ！

リズムがつかめてきて、接戦《せっせん》となった四回裏《うら》、マウンドに立っていたわたしはアクシデント見まわれた。突風《とっぷう》が吹《ふ》きつけ、キャップが飛ばされたのだ。

指の絆創膏《ばんそうこう》をいじっていた打者が、こっちを見つめた。「女……だったんだ」

チップ以外の全員があんぐりと口をあけ、ゴジラでも見るようにこっちを見る。

「そうだけど」わたしは平静をよそおい、さりげなく、風船ガムを大きくふくらませた。

「ウソだろ！」チップの双子《ふたご》のいとこが同時にいった。

「だから、なに？」と、チップ。

「なにじゃねえだろ。よりにもよって――」と、いいかけた子に、チップがきっぱりといった。

「――おまえを三球三振《さんしん》させたヤツとは、プレーしたくないってか」

別の子も声をあげて笑った。「そうそう、うちのばあちゃんのほうが、まだ打てるぜ」

こうして、なにごともなかったかのように試合再開《さいかい》となった。わたしが打席に立つと、チップの双子《ふたご》のいとこが、またしても同時に首を振《ふ》り、「ウソだろ！」といったが、それだけだった。

チップがフェンス越《ご》えのツーランホームランを飛ばし、最後のボールをなくした時点で、試合は終わりとなった。

相手チームのピッチャーが、また声をかけてきた。「ゴードン、また来いよ。おまえ、やるじゃん」

「ありがとう。そっちこそ、いい腕《うで》してるじゃない」

「うん。だろ？」ピッチャーはにやりとし、グラブに手をリズミカルに打ちつけながら、口笛を吹《ふ》いて去っていった。

「ゴードン、うちによっていかないか？」と、チップに誘《さそ》われた。「あいつらが来てるから、母さんがクッキーを焼いたんだ」そういって、双子《ふたご》のいとこを指さした。

「うん、行く」自転車をとってきて、チップと双子《ふたご》とならんで歩いた。

チップが、あわい緑色の小さな家へと向かっていく。「自転車はガレージに立てかけといて。あそこから入るから」と裏口《うらぐち》を指さし、わたしが自転車を置くのを待ってドアをあけた。「ただいま！」双子《ふたご》といっしょになだれこんでいく。

流し台にいたチップのお母さんが、花柄《はながら》のエプロンで手をふきながらあらわれた。「ったく、家の中では大声を出すなって、何度いったらわかるんだい」と、両手を腰《こし》にあてる。「三人とも、家の中では帽子《ぼうし》を脱《ぬ》ぎなさい！」

チップも双子《ふたご》もおどおどとキャップを脱《ぬ》ぎ、ドアマットで靴《くつ》の泥《どろ》を落とした。三人が玄関《げんかん》からいなくなると、わたしも中に入って、ドアマットで靴《くつ》の泥《どろ》を落とし、少しためらってから、キャップを脱《ぬ》いだ。

するとチップのお母さんが、驚《おどろ》いて目を見ひらいた。「あらあら。こちらは、どなたさん？」

「ゴードンだよ。っていうか、ケイティ。今日のピッチャーだよ」

「あら、そうなの？」

「はい」とわたしが答え、「ジョーイを二回、三振《さんしん》に打ちとりました」と、チップの双子《ふたご》のひとりの名前をあげて説明した。

チップのお母さんは、なんともいえない表情《ひょうじょう》を浮《う》かべていた。わたしが白人だから？　女子だから？　それとも、別の理由から？　学校の運動場で、グラウンドに出ていくわたしを見たときの、先生の表情《ひょうじょう》と似《に》ている。ほかの女子といっしょにケンケン遊びをしなさい、といいたいけれど、そういうルールはないのでいえないときの表情《ひょうじょう》だ。

女子はこうあるべき、なんて説教をしなければいいのだが。説教そのものもいやだけど、知らない男子のいる場所でされたら最悪だ。

ところがチップのお母さんは、満面の笑《え》みを浮《う》かべた。「お手柄《てがら》じゃないの！　さあさ、お入り。ゆっくり、話を聞かしとくれ」そして、チップにいった。「双子《ふたご》を地下に連れていって、クリスマスにもらったレーシングカーを見せておやり。母さんは、この子と話があるんだから」チップがこっちを見て、声を出さずに口だけで「だいじょうぶ?」ときいてきた。まあなんとか、と肩《かた》をすくめて合図すると、双子《ふたご》とともにドタドタと地下へおりていった。

「はいはい、座《すわ》って」と、チップのお母さんがビニール製《せい》の椅子《いす》をトントンとたたき、クッキーの皿をテーブルに出す。

すすめられた椅子《いす》の端《はし》に、ちょこんと座《すわ》った。このあとの展開《てんかい》が、まったく読めない。チップのお母さんも、コーヒーを入れて席についた。「で、野球をやるの?」出されたクッキーをちびちびとかじってから、答えた。「はい……やります」

「あの子らに、目に物見せてやったみたいだねえ」

「はい……たぶん」また、クッキーをかじった。

「たぶん?」お母さんが、片方《かたほう》のまゆを吊《つ》りあげる。

「あの……八奪三振《だつさんしん》で、フェンス越《ご》えを一本打ちました」にっと笑って、つけくわえた。「みんな、面食らってました」

「うんうん、そうだろうとも」お母さんが冷蔵庫《れいぞうこ》をあけ、ミルクをとりだした。「ココア、飲むかい?」

「あっ、はい、いただきます」クッキーを、もう一枚《まい》手にとった。

「じつはね、興味《きょうみ》を持ってもらえそうな話があるんだわ」片手鍋《かたてなべ》にミルクを注ぎ、そこにココアパウダーを二杯《はい》入れた。「ハンク・アーロン、知ってるでしょ？」

「もちろんです。今年のナショナルリーグの最優秀《さいゆうしゅう》選手ですよね。知らない人はいません」

「そう、いまはね。けれど一九五二年初頭、アーロンは、インディアナポリス・クラウンズっていうチームで二塁《るい》を守ってたのよ」

「ああ、だからチップは、クラウンズのキャップをかぶってるんですね」

「まあね。アーロンは同じ年に、ボストン・ブレーブスに移籍《いせき》することになった。そこで、だれかがクラウンズでアーロンのあとを引き継《つ》いだ。さて、だれでしょう？」

わたしが首を振《ふ》ると、お母さんがつづけた。「フフッ、なにをかくそう、あたしの妹よ」

24
シリアルと思いがけない過去《かこ》

「ええっ！」仰天《ぎょうてん》し、テーブルクロスにクッキーのかすを吹《ふ》いてしまった。

「本当よ。妹のトニーは、インディアナポリス・クラウンズとカンザスシティ・モナークスで、二塁《るい》を守ってたの」お母さんがココアをマグに注ぎ、わたしの前に置いてくれた。「インディアナポリス・クラウンズとカンザスシティ・モナークスってチーム、聞いたことある？」

「いいえ、ないです」

「でしょうねえ。黒人のニグロリーグのチームだもの」

なるほど。ほかの子がかぶっていたのも、ニグロリーグのキャップだったのか。「妹さんは、どうやって入団《にゅうだん》したんですか？」

お母さんが席についた。「あなたと同じよ。バットを持てるようになったころから、男の子にまじって野球をして、けっしてあきらめなかった。女の子が野球だなんてとんでもないって、両親はやめさせようとしたけどね。あの子は太陽が顔を出す前に家を抜《ぬ》けだして、夕飯まで帰ってこなかったわ」

「いっしょにプレーしたんですか？」

「あたし？　まさか。あの子のために、シリアルを食べただけだわ」

「シリアル？」

「シリアル会社が、野球クラブを作っててね。シリアルの箱の蓋《ふた》を集めると、そこからバットとグラブをもらえたのよ。あたしは野球なんか興味《きょうみ》ないし、シリアルもどうでもよかった。ただ、あの子が道具をそろえられるように、毎朝、せっせとシリアルを食べたのよ」

「やさしいんですね」

「あの子は、こうと決めたら、てこでも動かない子だからねえ」と、お母さんは半ばあきれたように首を振《ふ》った。「メジャーリーグの元選手が始めた野球教室があってね。もちろん、男子のみの教室よ。けれどあの子は、たのむからチャンスをくれって、何週間も通いつづけた」

「チャンス、もらえたんですか？」

「ええ、最後にはね。なんと、元選手はあの子を無料で教室に入れて、自腹《じばら》でスパイクまで買ってくれた。それでも、あの子、苦労してたわ。野球一筋《ひとすじ》だったから、友だちがあまりいなかったし、学校も中退《ちゅうたい》したしね。で、終戦後の一九四九年にようやく、サンフランシスコ・

シーライオンズとの契約《けいやく》にこぎつけたわ」

「えっと、それは……」大人のいったことを訂正《ていせい》するのは失礼だが、大切なわたしのチームの名前は、やはり訂正《ていせい》しておきたい。「シーライオンズじゃなくて、シールズです。サンフランシスコ・シールズです」

「ううん、シールズじゃない。シールズのことは、よく知ってるわ。いいチームよね。サンフランシスコ・シーライオンズっていうのはね、黒人のチーム。あたしらのような黒人がプレーできる、ゆいいつの場所……ジャッキー・ロビンソンが、メジャーリーグへの道を切りひらいてくれるまではね」

「あの、すみません。知りませんでした」

「でも、いまは知ってるでしょ。毎日、新しいことを学びなさいな」お母さんは、にこっとほほえんだ。「もうひとつ、教えてあげる。サンフランシスコ・シーライオンズは、巡業《じゅんぎょう》チームだった。巡業《じゅんぎょう》チームって、知ってる?」

「はい。町から町へ、渡《わた》り歩いて野球をするチームのことですよね」

お母さんは、またにこっとした。「あら、よく勉強してるじゃない。とにかくサンフランシスコ・シーライオンズは、小さな田舎町《いなかまち》でも大きな都会でもプレーしてまわった。ところがトニーは、自分の給料がどの男子選手よりも低くおさえられていることを知って、納得《なっとく》できなくてね。ニューオーリンズに巡業《じゅんぎょう》したときに、とうとう辞《や》めたの」

「どこに移《うつ》ったんですか？」

「ニューオーリンズ・クレオールズよ。でね……」お母さんはいったん口をつぐみ、ちゃんと聞いているかたしかめるように、こっちを見つめた。「給料は、なんと、月に三百ドル」

「すごい！」

「でしょ。当時にしたら、ものすごい高給よ。クレオールズもニグロリーグに所属《しょぞく》していたけど、メジャーではなかった」

「というと、二軍？」

お母さんは、少し考えこんだ。「ええ、たぶん。トニーは二塁《るい》を任《まか》されたんだけど、打撃《だげき》も良かった。あの子がかっ飛ばすところを、見せてあげたかったわ」

「はい、わたしも見たかったです。妹さん、そのあと、どうなったんですか？」

「いまは結婚《けっこん》して、オークランドに住んでいるわ。ここからだと、二キロちょっとね」お母さんは、またにっこりとした。「会ってみる？」

「ええっ、会えるんですか？　はい、ぜひ」

「会えるわよ。トニーと夫のガスが、次の週末にバーベキューパーティーをひらくの。ガスは政界《せいかい》にかかわっているから、そっち関係の人も来るけどね」お母さんは、ナプキンをトントンと指でたたいて考えた。「そうね、こうしましょう。電話番号を教えてちょうだい。お母さまに電話して、あなたを正式に招待《しょうたい》するわ」カウンターの電話の横に手をのばし、小さなメモ帳とエンピツをとって、わたしてくれた。

番号を書いてから、ママの名前も書いて、メモ帳をお母さんにもどした。そうすれば、ママ同士、名前で呼《よ》びあえて話が早い。

「じゃあ、夕飯のあとに電話するわね」時計をちらっと見た。「夕飯といえば、六人の腹《はら》ペコのために、キャセロールを作らなくちゃ。あなたも、暗くなる前に、帰りなさいな」

「はい。クッキー、ごちそうさまでした。いろいろ聞かせてくださって、ありがとうございます」立ちあがって、地下室のドアまで行って、声を張《は》りあげた。「チップ!」

走りまわる足音がピタッととまり、階段《かいだん》の下にチップがあらわれた。

「そろそろ帰るわ。今日は誘《さそ》ってくれて、ありがとう」

「うん。また、来いよ」次の瞬間《しゅんかん》、チップがいとこにつかまれ、また取っ組みあう音がした。大人がいないと、男子はすぐこれだ。

外は、まだあまり暗くない。西の空が、オレンジとピンクに染《そ》まっている。チップのお母さんから聞いた話が頭の中からこぼれ落ちる前に、全部書きとめておきたくて、懸命《けんめい》にペダルをこいだ。

シーライオンズ、クレオールズ、クラウンズ――。野球はアメリカを代表するスポーツだが、トニー・ストーンがプレーしたのは、アメリカの別の顔の野球だった。

25
トニー・ストーン

次の週の土曜日、バーベキューパーティー当日は、どんよりと曇《くも》っていた。サンフランシスコ・シールズのジャージを着て行きたかったが、野球の試合観戦ではなく、大人のパーティーに出るのだからだめだと、ママに注意された。

「じゃあ、ズボンでもいい？」

「それは、いいんじゃない。バーベキューだから。でも、キャップはなしよ」

新品同様のコーデュロイのパンツ、清潔《せいけつ》なシャツに、サドルシューズを履《は》き、ノートとカメラをバッグに入れた。チップの家まで一キロもないのに、ママが車で送ってくれた。

チップ宅《たく》のベルを鳴らすと、本人があらわれた。今日はブルージーンズに、白いボタンダウンのシャツを着ている。どちらも、アイロンをかけたばかりらしい。チップのお父さんが車に荷物を積み終えるのを待って、チップとチップの高校生のお兄さんといっしょに、後部座席《ざせき》に乗りこんだ。

トニー夫妻《ふさい》の家は、ウェストオークランドにあった。チップのお父さんのあとから裏庭《うらにわ》へ向かうと、ピクニックテーブルと、もくもくと煙《けむり》を出している巨大《きょだい》なグリルがあった。とても香《こう》ばしいにおいがする。

裏庭《うらにわ》には、ビールのボトルを持った男女あわせて数十人の大人がいた。白人は、わたしだけだ。裏庭《うらにわ》の門を通りぬけると、全員の視線《しせん》がわたしに集中した。

もともと人見知りはしない性格《せいかく》で、クラスでしゃべったり、野球で注目をあびたりしても気にならないが、さすがに今回はとまどった。どうふるまえばいいのか、わからない。

すると、チップのお母さんがわたしの肩《かた》に手を置いて、自分の連れであることをみんなに知らせ、黒いズボンと柄物《がらもの》のブラウスを着た女性《じょせい》に話しかけた。

「この子はケイティ。チップの友だちの野球選手。ケイティ、妹よ」

「こんにちは、ピッチャーさん」と、トニー・ストーンがいった。かすれた声は子どものように高かったが、体格《たいかく》はアスリートらしく筋肉質《きんにくしつ》で、背《せ》も高い。黒髪《くろかみ》はふさふさで、目は灰色《はいいろ》。うちのお姉ちゃんたちより年上だけど、ママよりは若《わか》い。

「お目にかかれて光栄です」もしキャップをかぶっていたら、きちんと脱《ぬ》いで挨拶《あいさつ》するところだ。

「あら、いまのわたしでも光栄なの?」と、トニーがチップのお母さんのほうを向いた。

「オーバーに話したんでしょ?」

「事実をのべただけよ。輝《かがや》かしいキャリアを、ちょいとかいつまんでね」

「あの、もっと聞きたいです」わたしはそういったが、トニーは「そうねえ……」と、あまり乗り気ではなさそうだった。「まあ、あとでね」

チップのお母さんが、わたしの肩《かた》から手をどけた。「さあ、チップといっしょに、肉と冷たい飲み物をとってらっしゃい。食事が終わって、男の人たちが政治《せいじ》や車の話をしはじめたら、チャンスがあるわよ」

「はい。ありがとうございます」

チップについていって、オレンジジュースと皿をもらった。女の人が皿にポテトサラダとベークドビーンズを大量に盛《も》ってくれ、バーベキューはあっちよ、と指さした。チキンとスペアリブとチョリソーがあるらしい。

「一番のおすすめは、スペアリブだな」とチップがいうので、スペアリブをお願いしたら、ハットをかぶった男の人がソースをたっぷり塗《ぬ》ってくれた。

「このソースも、うちの母さんの特製《とくせい》だよ。きのう、運んでおいたんだ。ガスおじさんが、朝早くからグリルに火を入れるっていうからさ」と、チップが白髪《しらが》の男性《だんせい》を指さした。ネクタイをしめて、コートをはおり、おおぜいの男性《だんせい》と真剣《しんけん》に話しこんでいる。「あれが、ガスおじさん。トニーおばさんのご主人だよ」

「そうなの？　ずいぶん、年がいってるみたいだけど」

「うん。先々週《せんせんしゅう》、七十歳《さい》になったんだ。誕生《たんじょう》パーティーをひらいたよ」チップがピクニックテーブルの席についた。「おじさんは、黒人初の陸軍将校《しょうこう》だったんだ。第一次世界大戦だけど」

スペアリブにかぶりつき、もぐもぐしながらいう。

スペアリブは、最高においしかった。ソースは香《かお》りがよくてピリッとし、肉はすごくやわらかく、すっと骨《ほね》からはがれる。ポテトサラダもおいしい！　おかわりをして、とうとうお腹《なか》がぱんぱんにふくらんだ。

チップのお母さんと別の女性《じょせい》が、デザートをとりに家に入った。男性《だんせい》の大多数は、フェンスのそばでなにか意見をいいあっている。

「ねえ、チップ、トニーおばさんはどこ？」

「たぶん、地下室。あまり社交的じゃないんだ」と、チップが家のほうを指さした。「うちの母さんに、きいてみなよ」

「行っちゃっても、いいの？」

「うん。おれはひとりでも平気だし、どうせ兄貴《あにき》がすぐに飽《あ》きてこっちに来るよ」

「わかった」

バッグを持って、キッチンへ向かった。床《ゆか》は黄色いリノリウムで、パンと、食器用洗剤《せんざい》のにおいがした。チップのお母さんは皿を洗《あら》い、別の女性《じょせい》はパイを切りわけ、もうひとりの女性《じょせい》がカウンターでクリームを泡立《あわだ》てている。その女性《じょせい》がわたしに気づき、チップのお母さんの腕《うで》に軽く触《ふ》れた。チップのお母さんがふりかえって、声をかけてきた。「あら。いっぱい食べた？」

「はい、いただきました。あの、トニー……ミセス……」トニーの結婚《けっこん》後の名前は、なんだっけ？「妹さんは、どこですか？」

「地下室で、過去《かこ》の栄光にひたってるわ」パイを切りわけている女性《じょせい》が答え、「かつての自分を思いだしているのよ」とドアを指さした。「地下へは、そこから。若《わか》い子が野球の話をすると喜ぶわ。気晴らしにつきあってあげて」

「あっ、はい」

階段《かいだん》を一段《いちだん》飛ばしでかけおりた。地下室は、かびくさかった。はだか電球の光に、洗濯機《せんたくき》や大量の壊《こわ》れた家具がぼうっと浮《う》かびあがる。紐《ひも》でくくられた新聞紙の束もあちこちにあり、古いキャビネットの脇《わき》をすりぬけるときは、横向きにならなければならなかった。

地下室の奥《おく》に、本人がいた。背《せ》もたれのまっすぐな椅子《いす》に座《すわ》っている。目の前の机《つくえ》には、分《ぶ》厚《あつ》いアルバムが一冊《さつ》と、ウイスキーのボトルが一本と、茶色い液体《えきたい》が半分入ったグラスがひとつ。グラスのとなりには、スクラップブックが広げてある。わたしの足音を聞きつけて、トニーが顔をあげた。

「会いに来てくれないかなって、思ってたの」大きな木の樽《たる》をトントンとたたいた。「どうぞ、座《すわ》って。くつろいで」わたしが座《すわ》ると、「ねえ、これ、どう思う?」と、目の前のスクラップブックを指さした。

「うわあ!」

黄ばんだ新聞記事には、いまよりずっと若《わか》いトニーのユニフォーム姿《すがた》の写真が載《の》っていた——〈ニューオーリンズのレディー、サザンリーグで大評判《だいひょうばん》〉

「一九四九年の記事よ。ニューオーリンズ・クレオールズで、二塁《るい》を守った。うちの父なんて、デカデカと載《の》ったじゃじゃ馬娘《むすめ》の写真を見て、ぶったまげてたわよ」

写真の縁《ふち》を指でなぞって、つづけた。

「この年、バーミングハム近郊《きんこう》でブラック・バロンズと対戦してね。バロンズには、十八歳《さい》になったばかりのルーキーがいたわ」顔をあげて、わたしを見た。「聞いたこと、あるんじゃやない？　ウィリー・メイズだけど」

「ええっ！　メジャーリーグのあのウィリー・メイズと対戦したんですか？」

「あら、当時はウィリーのほうが、このわたしと戦うなんてって仰天《ぎょうてん》したものよ。わたしは、とにかく、超《ちょう》有名だった」と、スクラップブックの山を軽くたたく。

「なるほど」ノートをとりだした。「あの、メモしてもいいですか？」

「ええ、どうぞ。学校新聞？」

「いいえ。クラスの研究プロジェクトです。野球を始めたきっかけは、なんですか？」

「たぶん、あなたといっしょ。男子にまじって草野球よ。女子にはなんでって思われたけど、野球さえできれば気にならなかった。そのあと、セントポールにあるカトリックリーグのチームに入ったわ」

「男子選手に文句《もんく》をいわれませんでしたか？」

「いわれたわよ。罵《ののし》られたし、さっさと帰れ、お人形で遊べ、女の子らしくしろっていわれたわ」と、顔をしかめた。「聞き流すしかなかった。野球をする代償《だいしょう》よ。ただね、ひとつだけ、がまんできないことがあった。どのコーチも、男子にはダブルプレーやスライディングのコツを教えるんだけど、わたしのことは完全に無視《むし》した。さっさとあきらめて、家に帰ればいいって思ってたのね」

「でも、あきらめなかったんですよね？」

「ええ、あきらめるもんですか。ルールブックを手に入れて、隅《すみ》から隅《すみ》まで読んだわよ。教科書よりも、じっくりと読んだわ。図書館にも行って、野球に関する本をかたっぱしから読んだ。おかげで、チームのどの男子よりも野球にくわしくなってね。男子をよけいに刺激《しげき》したわ」

「男子は、腹《はら》を立てたんですか？」

「ううん。おびえてた。わたしのような女子は初めてで、動揺《どうよう》したのよ。社会にとって脅威《きょうい》だ、なんて考える人もいたわ」にやっとして、つけくわえた。「フフッ、わかるでしょ、あなたなら」

「はい。よーくわかります」またしても、鳥肌《とりはだ》が立つ気分を味わった。

26

メジャー初の女子選手

わたしもトニーに、これまでのことを話した。いまでは、コンパクトにまとめて話せるようになっていた。

聞き終えたトニーがいった。「わたしがあなたくらいのころ、近くにリトルリーグはなかった。アメリカン・リージョンというリーグでプレーしたんだけど、そこにも女子に関して同じようなルールがあったわ。でも、コーチは気にしなかった。わたしのプレーを見てからは、女子ではなく、ひとりの選手としてあつかってくれた」

「ラッキーでしたね」

そういったら、トニーにきつくにらまれた。「努力のたまものよ。どんな目にあっても、毎日、かならず通ったわ」椅子《いす》に少しよりかかった。「でも、まあ、ラッキーではあったわね」

「とりあえず、プレーさせてもらえたんですよね」

「まあ、たいていは。でもね、いい？　わたしをしめだしたのは、男子だけじゃない。戦時中に女子野球リーグができたと知って、選抜試験《トライアウト》を受けさせてくれって手紙を書いたんだけどね」

「えっ、どのチームに入ったんですか？」キルガレン先生と知り合いだったかも――。

「ううん、どこにも。すべてのチームから拒絶《きょぜつ》されたわ。プレーすら、見てもらえなかった」

「ええっ？　なぜ？」

「女子野球リーグが契約《けいやく》するのは、白人の女子だけだったから」

「えっ……」思わず、うつむいた。「知りませんでした」

「だれも公《おおやけ》にはしないからね」

おたがい、しばらくだまっていた。いうべき言葉が見つからない。勇気をふるって、また質《しつ》問《もん》してみた。

「あの……それじゃ、どこでプレーしたんですか？」

「ジャッキー・ロビンソンが道を切りひらいてくれたおかげで、メジャーリーグはニグロリーグに目をつけるようになってね。わたしには追い風になった。ハンク・アーロンがボストン・ブレーブスに移籍《いせき》したあと、インディアナポリス・クラウンズでアーロンのポジションを引き継《つ》いだのよ」

トニーは別のスクラップブックをひらき、ぱらぱらとめくって、一枚《まい》のチラシを指さした――

〈二塁《るい》の守護女神《しゅごめがみ》、トニー・ストーン〉

「どうせ宣伝《せんでん》のためのマスコットだって、みんな、思ってたけどね。実際《じっさい》、マネージャーからは、スカートをはいて、女性《じょせい》らしさを強調しろっていわれたわ。でもね、こっちは野球をしに来ている、見世物にする気なら辞《や》めてやる、っていってやったら、ちゃんとしたユニフォームをもらえた。それでも、双頭《そうとう》の化け物みたいに、じろじろ見られてね。毎日、観賞用の金魚になった気分だった」

「ひどい……」まわりじゅうから化け物のようにじろじろ見られる気分は、わたしもわかる。わたしの場合は、数千人ではなく、数人だけだけど。

「つらかったけど、めそめそはしなかった。女子が野球をするのは、そういうことだと割《わ》りきっていた」トニーはウイスキーをすすって、つづけた。「史上最強の野球選手だって、身をもって証明《しょうめい》したかった。女子の選手ではなく、実力のある選手だってね」

トニーはわたしが新聞の見出しを読めるよう、スクラップブックをゆっくりとめくっていった。ポスターやチラシ、写真のすべてに、トニーが大きくとりあげられていた。

そこで、カメラをとりだして、たずねた。「記事の写真をとっていいですか？　レポートに貼《は》りたいんです」

「かまわないけれど、ここは暗くて、うまく撮《と》れないわよ」と、段《だん》ボール箱のひとつに手をのばした。「クラウンズで初めてプレーしたとき、マネージャーに命じられて、試合後に売店で自分の写真を売ったの」顔をしかめた。「あのときは、いやでいやでしかたなかった。けれどいまは、良かったと思ってる。ユニフォームを着た写真が残るし、本当に野球をしてたんだって実感できるし」と、一枚《まい》の光沢《こうたく》のある大きな写真をさしだした。下部に、黒いインクでサインしてある。

写真の中のトニーは、ジャンプして、グラブにボールをおさめていた。鳥のように、半ば宙《ちゅう》に浮《う》いている。

「うわあ、有名人だったんですね！」

「ええ、そうよ。メジャーリーグの引き抜《ぬ》きが始まって、ニグロリーグがすたれ始めるまではね。引き抜《ぬ》きは、痛《いた》かったわ。年々《ねんねん》、観客席がガラガラになっていく……。個人的《こじんてき》には、自分が宣伝《せんでん》に使われるのがいやだった。野球ではなく、サーカスを見に来たようにあつかわれるのに、うんざりしてた」首を振《ふ》って、つづけた。「でも、宣伝《せんでん》のおかげでファンが増《ふ》え、ファンが増《ふ》えればスカウトが来るのよね。わたしには、大きな夢《ゆめ》があった。メジャーリーグでプレーする初の女性《じょせい》選手になるっていう夢《ゆめ》が」

「スカウトは、来たんですか？」

「ええ、来たわよ。わたしが三割《わり》打者で、ライナーが打てて、男子選手が口笛を吹《ふ》くようなダブルプレーもできるのを、しっかり見せつけたわ。当時は、世界有数の選手とプレーしたのよ。あのカリスマ投手、サチェル・ペイジからもヒットを打ったわ」

「すごい！」

トニーはにこっとして、スクラップブックをさらにめくった。「つまりね、マネージャーがわたしを出場させたのは、観客を引きつけるため。だから、新鮮味《しんせんみ》がなくなる三回裏《うら》には交代させられ、あとはずっとベンチ。記録に響《ひび》いたわよ」新聞記事の成績《せいせき》データ欄《らん》をトントンとたたき、小さな文字が読めるよう、こっちにスクラップブックを向けてくれた。

「すごい成績《せいせき》ですね！」

「実際《じっさい》は、もっとすごかったのよ。わたしのデータの半分は、記録に残ってないから。対戦地が田舎町《いなかまち》だと、新聞が週に一回しかなくてね。町に到着《とうちゃく》した当日が新聞発行日だと、だれも試合を記録しなかった。ふつうはチームのだれかが記録をとるんだけど、その記録をバスに置きわすれたりしたら、巡業《じゅんぎょう》中の全記録がパーよ」

新聞記事の見出しをいくつか、ノートにメモした。「それでも、おもしろそう……」

「まあ、おもしろい日もあったけど、黒人の野球選手として暮《く》らすのは、本当にみじめだった。ナイターのあと、次の町へ移動《いどう》するバスの中で夜を過《す》ごしたわ。南部を回るときは、レストランに入れてもらえないから、夕飯は路肩《ろかた》でイワシの缶詰《かんづめ》とクラッカーよ。一回だけ、食堂に入れたけど、ドアの外に出たとたん、ガッシャーンって音がした。ふりかえったら、ウェイトレスが大量の皿を床《ゆか》にたたきつけて割《わ》ってたわ」

「店の皿を割《わ》った？」

「そう。白人のウェイトレスがね。黒人が口をつけた食器は、熱湯と洗剤《せんざい》で洗《あら》っても、汚《よご》れが落ちないってことよ。食べたのが犬なら、せっせと洗《あら》ったでしょうけど」

「ひどすぎる……」あまりの仕打ちに、思わず拳《こぶし》をにぎりしめた。「でも、大昔の話ですよね？」

トニーは首を振《ふ》った。「まだ五年もたっていない。いまだって、似《に》たようなものじゃない。リトルロックの生徒のこと、知ってるでしょ？」

「はい。時事問題の授業《じゅぎょう》で、よく話題になります」

「時事問題っていうのは、大昔の問題？」

「いいえ。現代《げんだい》です」

「でしょ。事態《じたい》が鎮静化《ちんせいか》するまで、リトルロックの学校では、大量の皿が割《わ》られるでしょうよ」と、ため息をついた。「わたしも、大量の罵声《ばせい》をあびせられ、物も投げられた。そんなのなんでもないってふりをするのだけは、うまくなった……」

トニーは地下の暗がりを見つめ、しばらくして、ようやくこっちを見た。

「当時のわたしは、まちがいなく、世界一有名な女子野球選手だった。わたしのサイン入りのバットを発売する話も持ちあがったわ」

「かっこいい！　見てもいいですか？」

「ううん、結局、実現《じつげん》しなかった。メーカー側が阻止《そし》したの。エボニー誌《し》が、わたしを記事にとりあげたあとなのにね」別のスクラップブックをひらき、わたしのほうへ向けた。「一九五三年七月号よ」

四ページの特集記事で、全ページに写真が掲載《けいさい》されていた。「すごい……！」図書館にバックナンバーがありますように、と祈《いの》った。

「ええ、最初はそう思ったわ。記者とカメラマンが一名ずつ、わたしに密着《みっちゃく》して、プレーを見て、いろいろ質問《しつもん》して……もう、舞《ま》いあがったわよ」言葉とは裏腹《うらはら》に、トニーの声は明るくなかった。

「なにか、あったんですか？」

「まったくもって、いいかげんな記事だった。取材を受けたことを後悔《こうかい》したわ。ここ、読んでごらんなさい。声に出して、読んでみて」

「『トニー・ストーンは、秘書《ひしょ》になれるくらい、魅力的《みりょくてき》な若《わか》い女性《じょせい》だ』……。これ、ほめ言葉のつもりなんですかね？」

「たまたま野球をするレディー、ってことにしたかったのよ。若《わか》いうちは大目に見てやろう。鍋《なべ》とフライパンを置いて、たまたまバットを手にしただけだ……みたいな？」

くちびるを噛《か》んで、ノートに視線《しせん》を落とし、質問《しつもん》した。「なぜ、引退《いんたい》したんですか？」

「状況《じょうきょう》が変わったから。クラウンズは、女性選手《じょせい》をふたり雇《やと》った。メイミー・ジョンソンとコニー・モーガン。メイミーは、優秀《ゆうしゅう》なピッチャーだった。おチビさんでね。ピーナッツって愛《あい》称《しょう》で呼《よ》ばれてた。コニーは十八歳《さい》で、二塁《るい》を守った」

「二塁《るい》って……同じポジションじゃないですか」

「ええ。コニーは若《わか》くてかわいかった。かたやわたしは手がごつくて、ちょっとO脚《きゃく》だった。年齢《ねんれい》も三十三歳《さい》で、野球界では年寄《としよ》りよ。結局コニーばかりが起用され、わたしはスタメン落ちしたわ」

「それで、引退《いんたい》したんですか？」

「ううん、まだよ。一九五四年に、カンザスシティー・モナークスと契約《けいやく》した。黒人の球団《きゅうだん》としては、世界最高峰《さいこうほう》よ。あのジャッキー・ロビンソンやサチェル・ペイジも、一時期在籍《ざいせき》していたんだから」

「うわあ！」

「でしょ。当時のカンザスシティーは良かったわ。野球もあるし、ジャズもある。地元の人は、わたしをプレーヤーとして受けいれてくれた……まあ、全員じゃないけれど」と、スクラップブックをぱらぱらとめくった。「シカゴ・ディフェンダー誌《し》のこの記者みたいな人もいたけどね。ほんと、足を引っぱるだけだわ」

〈トニー・ストーンのような女性《じょせい》選手を野球界でみとめると、社会秩序《ちつじょ》が崩壊《ほうかい》しかねない。トニーがいるだけで男子選手の士気がくじけ、存在意義《そんざいいぎ》がおとしめられるのだ〉

「これ、リトルリーグの主張《しゅちょう》そのものです。女子が参加すると、男子が試合に集中できなくなるっていってました」

「ハッ、ばかばかしい。問題は、ニグロリーグが消滅寸前《しょうめつすんぜん》だったこと。わざわざお金を払《はら》わなくてもテレビで野球観戦できるようになったし、メジャーリーグの黒人選手も増《ふ》えていたし」

ウイスキーを一口すすった。「状況《じょうきょう》が少しちがえば、メジャー初の女子選手になれたかもしれなかったのにね」

「メジャーリーグのチームと契約《けいやく》したんですか？」

「ううん。白人の女子には、寸前《すんぜん》までいった選手がいたけどね。一九五二年に、エレノア・エングルという選手が」

「あっ、はい、知ってます」

トニーはうなずいた。「新品のユニフォームを着たまま、ずっとベンチに座《すわ》らされ、一度もバットをにぎらせてもらえなかった。翌日《よくじつ》、メジャーリーグもマイナーリーグもルールを変えて、女子選手との契約《けいやく》を禁止《きんし》した。女子をしめだしたのよ。選抜試験《トライアウト》すら、みとめなかった。女子に野球はさせないって！」女子に、野球は、させない、を強調して、机《つくえ》を三回強くたたく。

「やり方がきたないですよね」

「ええ、本当に。そのせいで、プレーする場所を奪《うば》われてね。モナークスでのシーズンを終えたあと、スパイクを捨《す》てて、ガスと結婚《けっこん》したのよ」

かける言葉が見つからず、長い間、だまって座《すわ》っていた。どこかで水が垂《た》れるポトポトという音がし、一階のキッチンから女性《じょせい》の笑いあう声が聞こえてくる。

トニー・ストーンの身の上話は、わたしがずっと知りたかったことを教えてくれた。けれどそれは、残念ながら、ハッピーエンドでなかった。

「あの……リトルリーグはきっと永遠《えいえん》に、わたしにプレーさせてくれませんよね？」ため息を漏《も》らしながら、たずねてみた。

「ええ、無理でしょうね。契約《けいやく》と金をにぎっているのは、しゃれたスーツを着た男たちだもの。昔からずっと、そうだった」

「現状維持《げんじょういじ》を強制《きょうせい》しようとしてるんだって、ママが教えてくれました」

「お母さまは、かしこい方ね」トニーは、スクラップブックを一冊《さつ》ずつとじていった。「最初のうちは、野球ができないのがつらくて、つらくて、心が破裂《はれつ》しそうだった。けどね、ケイティ、きのう、公園で草野球をしたの。気持ち良かったわよ！　フェンス越《ご》えを打ったし、俊《しゅん》足《そく》の男子を一塁《るい》でタッチアウトにしてやった。フフッ、その子の顔を見せてあげたかったわ」と、ほほえんだ。「もうチームに所属《しょぞく》することはないし、ユニフォームも着ないけれど、大事なグラブは手放さないわ」

「はい、わたしもです」

「グラブは、ぜったいだれにもわたさない」と、トニーがわたしを見つめた。「リトルリーグに拒否《きょひ》されて、あなた、野球をあきらめた？」

首を振《ふ》った。「いまも、近所の男子とプレーしてます。黒人の仲間もできました」

「ほら、ね。かならず、プレーする場所はあるのよ。じつはね、この春、わたしの教会で、若《わか》い子を集めてリーグを作ることにしたの。わたし自身、腕《うで》が落ちないように練習できるし、才《さい》能《のう》のある子をスカウトしようかと思って。あなたみたいな子をね」

「えっ、わたしも選抜試験《トライアウト》、受けられるんですか？」たとえリトルリーグに入れなくても、野球を学べる場所があるのは心強い。

「ええ、いつでも受けられるわよ」立ちあがって、のびをした。「メジャーデビューへの道はとざされたけど、わたしがクラウンズにいたおかげで、メイミーとコニーに道を作ってあげられた……。この先、なにがあるか、わからないわよ。十年後、十五年後には、あなたがジャイアンツで投げたって記事を、読むことになるかもしれないわ」

「はい、そう願ってます」野球界がトニーにした仕打ちを思うと、現実味《げんじつみ》はとぼしかったが、想像《そうぞう》するだけでわくわくする。

「フフッ、ホント、そうよね」トニーは手をのばし、地下室の明かりを消した。

27
消されたスター選手

「ママ、切手って、学用品？」

「送り先によるわね。なにに使うの？」

ママに大量の封筒《ふうとう》を見せた。「女子野球選手に手紙を送るの。研究プロジェクトのために」

「あら、そんなに見つけたの？」ママが驚《おどろ》いた顔をする。

「うん、おおぜい、見つけたよ。女子選手がいたことなんて、いまはだれも知らないけど」

「なぜかしらね？」

「さあ。二十年以上のキャリアがある選手もいたのにね」封筒《ふうとう》の束を置いた。「ママは、日々《ひび》のニュースをチェックしているよね？」

「ええ、そう心がけてるわ」

「じゃあさ、女子野球選手について、聞いたことある？」

ママは少し考えてから、首を振《ふ》った。

「ね？　女子選手に関するニュースは、すべて消去されたのよ」

「そういったことを、すべてレポートにするの？」

「もちろん」

「じゃあ、学用品ね」ママは財布《さいふ》をあけて、切手を二十四枚《まい》買えるだけのお金をくれた。

一月末までに、三人をのぞく元女子選手から返事をもらった。便箋《びんせん》に半分だけの返事もあれば、エピソード満載《まんさい》の長い手紙もあったが、どれも親切で、サイン入りの写真十枚《まい》と、古いチケットの半券《はんけん》二枚《にまい》と、ペナント一枚《まい》が手に入った。一生大切にしたい宝物《たからもの》ばかりなので、クリスマスのお小遣《こづか》いでスクラップブックを買い足した。

わたしの研究プロジェクトはすでにエッセイの域《いき》を超《こ》え、ハーシュバーガー先生の想定をも超《こ》える大作になっていた。それでも女子選手にすっかり魅《み》せられて、やめられなかった。成績《せいせき》のためでなく、純粋《じゅんすい》な好奇心《こうきしん》から、すべての女子野球選手を見つけるまで、とことん追っていきたい。女子野球選手の存在《そんざい》を気にかけている子どもはわたしだけだから、よけいこだわりたかった。

とはいえ、プロジェクトの締切《しめきり》は来週だ。そろそろ、まとめなければならない。いろんなものが集まったけど、野球カードは一枚《まい》もなかったので、自分で作ることにした。歴代の女子野球選手を勢《せい》ぞろいさせるのだ！　人選には苦労した。ハーシュバーガー先生の高い要求を満たすには、女子というだけでなく、壁《かべ》を乗りこえ、扉《とびら》をこじあけた選手でなければならない。悩《なや》んだ結果、アルタ・ウェイス、モード・ネルソン、ジャッキー・ミッチェル、エディス・ホートン、ベーブ・ザハリアス、ソフィー・クーリス、エレノア・エングル、トニー・ストーン、メイミー・〝ピーナッツ〟・ジョンソンをふくむ十二名を選んだ。

完成間近のお手製《てせい》野球カードを、ママに見せた。キッチンテーブルでだまってすべてを読み、顔をあげたママの目は、涙《なみだ》で光っていた。

「うちの三人の娘《むすめ》の中で、ママはあなたをいちばん誇《ほこ》りに思うわ」

「スーズは美術《びじゅつ》の修士号《しゅうしごう》をとったのに？　デューイだって特許《とっきょ》をとったのに？」

「そうね、三者引き分けだわ。えこひいきは、よくないわね。それにしても、本当にすばらしい出来だわ。先生、きっと驚《おどろ》くわよ。リトルリーグだって、考えなおすかも」

「ママ、それはないわ。リトルリーグのお偉《えら》いさんは、野球は男子のものって世間に思わせておきたいんでしょ」野球カードをトントンとたたいて、つづけた。「こういった事実はなかったことにしたほうが、都合がいいわけだし」

「あらま、子どものくせに、ずいぶん懐疑的《かいぎてき》ですこと。三匹《びき》のメスオオカミに育てられた結果かしらね。三匹《びき》とも、野生じゃないけど、世間から少しずれてるオオカミだから」

二月の第二月曜日、ハーシュバーガー先生が教卓《きょうたく》の前に立って宣言《せんげん》した。

「今日から発表を始める。総勢《そうぜい》三十名なので、毎日六人ずつ発表してもらう。午前に三人、午後に三人だ」

発表の順番は、先生がくじ引きで決めることになった。「よし、チップ。きみからだ」

チップが選んだヒーローは、ハーバード大学で黒人初の博士号を取得し、一九〇九年に全米黒人地位向上協会を創立《そうりつ》した、W・E・B・デュボイスという人物だった。チップはデュボイスについて十分間説明した。そのあと間をおいて、ぴょこんとおじぎをし、全員拍手《はくしゅ》した。

二日目、ピーウィーの名前が読みあげられた。教室の前に立ったピーウィーの手は、緊張《きんちょう》して震《ふる》えていた。

「ぼくのヒーローは、祖父《そふ》の石川隆行《たかゆき》です。祖父《そふ》は、アッシビー通りで花屋を経営《けいえい》していました。そこは、いまはパン屋になっています。うちの一族とは関係のない店です」ピーウィーは深呼吸《しんこきゅう》し、少しテンポを落としてつづけた。「なぜかというと、当時の政府《せいふ》が……アメリカ政《せい》府《ふ》が、祖父《そふ》から事業も家もとりあげたからです。祖父《そふ》はカリフォルニア生まれのアメリカ人です。ですが一九四〇年代、アメリカは日本と戦争をしていました。そのせいで、祖父《そふ》のように東洋人の顔をしている日系《にっけい》アメリカ人は敵視《てきし》されたのです。そして一九四三年、ローズベルト大統領《だいとうりょう》が署名《しょめい》した法律《ほうりつ》のせいで、西海岸に住んでいた十二万人の日系《にっけい》アメリカ人が身柄《みがら》を拘束《こうそく》されました。ここバークリーだけで、千名以上です。祖父《そふ》の一家はバスに乗せられ、タンフォランの競馬場に連行され、厩舎《きゅうしゃ》での生活を強《し》いられました。ぼくの母は、マンザナーという砂《さ》漠《ばく》にある強制収容所《きょうせいしゅうようしょ》で高校を卒業しました」

教室全体が静まりかえった。息の音さえしない。ピーウィーの説明はさらに五分間つづき、最後には泣き声になっていた。話が終わると、ハーシュバーガー先生が近づき、少しの間、ピーウィーの肩《かた》に腕《うで》を回した。

「いろいろと考えさせられる話だった。アメリカ人とはなにか、ヒーローとはなにか、考えさせられたよ」そして、教師《きょうし》らしからぬ行動に出た。一歩下がり、腰《こし》をかがめ、とても丁寧《ていねい》におじぎをしたのだ。「いい話をありがとう、石川くん」

わたしたちも驚《おどろ》いたけれど、ピーウィーも同じくらい仰天《ぎょうてん》した顔をし、丁寧《ていねい》におじぎを返して、レポートを手わたした。

五日目の金曜日、とうとうわたしの番が回ってきた。緊張《きんちょう》してドキドキしながら教室の前に立ち、自分の話から始めた。

「みなさんは、わたしが運動場で野球をしているのを見たことがありますよね。ちょっと変わった子だなと感じたと思います。野球は男子のゲーム。野球をする女子なんて、わたししかいないと思ったのではないでしょうか。でも、それはちがいます」

調べあげた事実を説明し、自分で作った歴代女子選手のカードを順番にかかげて、ひとりずつ紹介《しょうかい》したあと、クラスメートを見わたして、いった。

「わたしたちは、一年間ずっと、公民権《こうみんけん》について勉強してきました。そして、人種や宗教《しゅうきょう》で差別してはならないことを学びました。しかし男女差別については、ほとんど話題になりませんでした。ハーシュバーガー先生は、算数や理科の授業《じゅぎょう》で、女子にも男子と同じチャンスをあたえてくれました。ですが、体育や運動場ではちがいます。女子は男子と隔《へだ》てられ、できる種目もちがうのです」

教卓《きょうたく》に積んだレポートをトントンとたたいて、つづけた。

「紹介した女性《じょせい》たちは機会をあたえられることなく、ブラックリストに載《の》せられました。その理由は共産主義者《きょうさんしゅぎしゃ》だったからではありません。男子ではなかったからです。それでも、彼女《かのじょ》たちはあきらめませんでした。野球をしつづけ、何度も挑戦《ちょうせん》したのです。無名の選手ばかりですが、ひとりひとりに人生の物語があります。そんな歴代の女子野球選手は、わたしのヒロインです」

一分間ほど、教室は静まりかえっていた。ハーシュバーガー先生も机《つくえ》の端《はし》に腰《こし》かけたまま、だまってわたしを見つめている。やがて、だれかが——たぶん、ピーウィーだ——拍手《はくしゅ》してくれたので、おじぎをし、レポートをまとめて書類フォルダーにしまい、先生に提出《ていしゅつ》した。

ハーシュバーガー先生がいった。「ケイティ、すばらしかった。本当にすばらしい発表だった」

昼休み、おおぜいの男子がつめかけてきた。「なあなあ、さっきの話、本当かよ?」

「うん、全部本当よ」

「へーえ、びっくりだ」

午後も男子がひきもきらずやってきて、次々《つぎつぎ》と質問《しつもん》した。おかげで、わたしが野球をすることを、秘密《ひみつ》にしなくてよくなった。もう、変わった子だと思われることもない。女子野球選手としてみとめられて、最高に気持ちいい!

翌週《よくしゅう》の水曜日、終業ベルが鳴る三十分前、ハーシュバーガー先生が切りだした。

「きみたちの研究プロジェクトには、とても感動した。各自、よく調べあげ、興味深《きょうみぶか》い形にまとめあげた」先生は一息いれた。「教師《きょうし》になって五年。これまで一度として、最高評価《ひょうか》のAプラスをつけたことはなかった……」にこっとして、つづけた。「しかし今回、初めて二名にAプラスをつけた」

えっ！　全員が息をのんだ。

「まず、ピーウィー。きみは、公民権《こうみんけん》について、またとない教訓をあたえてくれた。自由をあたりまえと思ってはならない、ということを教えてくれた」先生はピーウィーの机《つくえ》に近づき、レポートを返却《へんきゃく》した。「Aプラスだ」

先生が持っていたもうひとつのレポートは、わたしのものだった。

「そして、ケイティ。きみは、だれも知らなかった歴史を明らかにしてくれた。大学生レベルの研究だ」

先生から返却《へんきゃく》されたレポートの表紙には、大きな文字で〝A＋〟と書いてあった。

「ケイティ、ピーウィー、きみたちさえ良ければ、きみたちのレポートを全校生徒にぜひ知ってもらいたい。廊下《ろうか》のガラスケースに展示《てんじ》したいんだが、どうだろう？」

「えっ、いや、その……かまいません」ピーウィーは、わたしに負けないくらい、驚《おどろ》いている。

わたしも、無言でうなずいた。頭がぼうっとし、全身がビリビリする。ルコント小学校の全校生徒は、約四百名。わたしのレポートを見たら、もしかしたら女子について、みんなの考えが変わるかもしれない。

一度にひとりずつ、男子の考えを変えるつもりでいたけど、男子と女子、両方の考えをいっぺんに変えられるとしたら、もっといいに決まってる！

28 バーグ家で夕食を

一週間後、ロッカールームで上着をはおったとき、いきなりジュールズにトントンと肩《かた》をたたかれた。

「あっ、ごめん。驚《おどろ》いた？　あのね、ケイティ、今夜、夕食に招待《しょうたい》するわ」

「ママがゆるしてくれないよ。平日だから」

「うちのママに電話するようにいって。きっと、だいじょうぶ」ジュールズは、やけに自信たっぷりにいいきった。

「うん、わかった」ジュールズのママはきびしいが、料理はとっても上手だ。インスタント食品や缶詰《かんづめ》などは、いっさい使わない。「今日って、なにか特別な日だっけ？」

「まあね」ジュールズはそういって、髪《かみ》をいじった。指に髪《かみ》を巻《ま》きつけては、ほどいている。この仕草は、緊張《きんちょう》しているときか、興奮《こうふん》しているときのジュールズの癖《くせ》だ。「あのね、パパがケイティに話があるんだって」

わたしは、くちびるを噛《か》んだ。「わたし、ジュールズの家で、なにかやっちゃった？」じつは以前にも、ジュールズの家でやらかしたことがある。けれど、ジュールズのパパに迷惑《めいわく》をかけたことは一度もない。

「ううん」ジュールズは、妙《みょう》な表情《ひょうじょう》を浮《う》かべていた。にこっとしたいけれど、がまんしているらしい。秘密《ひみつ》を抱《かか》えていて、早くいいたくてたまらないようすだ。

「ねえねえ、なによ？」

「ふふっ、内緒《ないしょ》。五時半に来て」

「ええっ、あと二時間もあるよ」

「うん。でも、五時までピアノのレッスンなの。それにね、うちに来る前に宿題を終わらせておけば――」

「うちのママがノーという理由がなくなるってわけか。うん、了解《りょうかい》！　でもさ、ヒントくらい、くれない？」

「だーめ！」今度は満面に笑《え》みを浮《う》かべて、首を振《ふ》った。「ママがフライドチキンを作るって」

「行くわ、行く行く！」早くも、よだれが出てきた。

それにしても、ジュールズのパパがわたしになんの用だろう？　帰宅《きたく》して、セーターとジーンズに着がえ、宿題にとりかかった。水曜の午後、ママは仕事で、あと一時間はもどらない。

キッチンで宿題をやっていると、玄関《げんかん》があく音がした。大まじめに勉強に励《はげ》んでいるふりをして、せっせとノートに数字を書いた。

「あら、今日は、ずいぶん早く始めているじゃない」と、ママが椅子《いす》にブリーフケースを置いた。

「あのね、ママ、ジュールズから夕食に招待《しょうたい》されたの」

「あら、平日なのに？」ママが、むずかしい顔をする。

「だよね。なんかね、ジュールズのパパが、わたしに話があるんだって」

「なんの話？」

「さあ。ジュールズのママに電話して、きいてくれって」

「あら、そう」

ママの電話は一、二分で終わった。その間、口にしたのは「まあ」「そうですか」「まあ、そういうことなら」という言葉だけだった。電話を切ったママは、笑《え》みを浮《う》かべていた。ジュールズと同じように、秘密《ひみつ》を抱《かか》えた笑《え》みだ。知らないのはわたしだけらしい。

「ケイティ、いいわよ、行ってらっしゃい。ただし、八時までに帰るのよ。平日だからね」

「ねえ、どういうことか、説明してくれない？」

「フフッ、だめよ。じゃあ、ママはシャワーをあびてくるわね」ママは口笛を吹《ふ》きながら、二階に上がってしまった。

いったい、なにが起きているのだろう?

時計が五時二十分をつげると、コートをつかんで外に出た。ジュールズの家に着くと、裏口《うらぐち》をノックし、返事を待たずに入った。幼《おさな》なじみなので、家族も同然なのだ。

「いらっしゃい、ケイティ」ジュールズのママがコンロで料理していた。キッチンには、いい香《かお》りが広がっている。「ジュールズはリビングよ」

ジュールズは床《ゆか》に座《すわ》って、子ども向けの探偵《たんてい》小説を読んでいた。膝《ひざ》の上には、ビーグル犬のシューベルトがだらんと寝《ね》そべっている。

「ねえ、ジュールズ、もう教えてくれてもいいんじゃない?」

「ううん、まだよ。パパがすぐに帰ってくるから。あとちょっとの辛抱《しんぼう》よ」

ほどなく、玄関《げんかん》のあく音がした。「やあやあ、みんな。ご主人さまのご帰還《きかん》だぞ!」ジュールズのパパの声が響《ひび》く。

ジュールズのパパは、かけよって抱《だ》きついたジュールズのほおをツンツンとつつき、帽子《ぼうし》をとって郵便物《ゆうびんぶつ》の上に置くと、わたしにも声をかけてくれた。「やあ、ケイティ。よく来てくれたね」

「で、ご用件《ようけん》は？」とききたくなったが、いきなりきくのは失礼なので、「お招《まね》きいただき、ありがとうございます」といっておいた。

ジュールズのパパが軽く笑った。「ハハッ、なんの用かと思っているだろう？」

「ええ、まあ、多少は」かっこつけて答えたら、すかさずジュールズに「よくいうわ！」といわれてしまった。「待ちきれないくせに」

「よーし、じゃあ、書斎《しょさい》で話をしようじゃないか」

よほど不安そうな顔をしていたのか、ジュールズのパパはまたハハッと笑っていった。「スペインの異端審問《いたんしんもん》のように、拷問《ごうもん》しようってわけじゃないよ、ケイティ」

ジュールズの家で散らかっているのは――書類の山だらけで、雑然《ざつぜん》としているだけだが――ジュールズのパパの書斎《しょさい》だけだ。ジュールズのパパは大きな革《かわ》の椅子《いす》に座《すわ》り、出窓《でまど》を指さした。

「ケイティ、そこにお座《すわ》り」

まじめな話になりそうなので、両手を膝《ひざ》の上に置き、背筋《せすじ》をのばして座《すわ》った。

「じつはだね、ケイティ、先日、ジュールズを学校に迎《むか》えに行ったとき、きみの展示《てんじ》を見たんだ。ずいぶん調べたんだね。いやあ、感心した」

「ありがとうございます」少し、ほっとした。

「これでも、新聞業界に二十年近くいるんだがね。きみが掘《ほ》りおこした事実は、なにひとつ知らなかった。女子野球選手なんて、だれも知らないよ」

「ええ、そこが問題なんです。たしかに存在《そんざい》していたのに、記録がごそっと抜《ぬ》け落ちているんです」

「そのようだね」ジュールズのパパは、咳《せき》ばらいをした。「そこでだ、ケイティ、もっとおおぜいの人に知らせたくないか？　きみが掘《ほ》りおこした史実を、おおぜいの人に知らせてみないか？」

「はい、ぜひ。でも、どうやって？」

「ジャイアンツがサンフランシスコに移転《いてん》してくることになって、世間はちょうど野球熱が高まっている。新聞各社は、新しい切り口をさがしていてね。で、きみの研究が新しい切り口になるんじゃないかと、ジュールズは考えた。わたしも同感だよ。月曜の午後の会議でこの件《けん》を上司にあげたところ、了解《りょうかい》がとれたんだ」

「了解《りょうかい》って、なんのですか？」よく話が見えない。

「わたしが、きみをインタビューするんだよ。研究プロジェクトやヒロインたち、きみ自身の野球体験について、聞かせてもらいたい。リトルリーグのことは、ジュールズから聞いたよ。ひどい仕打ちを受けたそうだね」

「ホント、あれはないわ」と、ジュールズが口をはさむ。

「つまり……わたしが新聞に載《の》るんですか？」

「ああ、そうだよ。テープレコーダーも用意してある。さっそく、夕食後にどうかね。もし――」

そのとき、ジュールズのママが「夕飯ができたわよ」と呼《よ》びに来たので、ジュールズのパパは立ちあがった。「どうだい、ケイティ、やってみるかい？」

「はい、もちろん！」

「これで、リトルリーグも目をさますんじゃない？」ダイニングに向かうとちゅう、ジュールズがささやいた。

「うん、だといいけど」

研究レポートは展示《てんじ》される前に先生にコピーをとってもらったので、リトルリーグに送ることもできたが、どうせ無駄《むだ》だと思い、まだ送っていなかった。けれど新聞にとりあげられれば、事態《じたい》が動くかもしれない。

夕食後、ジュールズのパパがわたしのために書斎《しょさい》に椅子《いす》を運びこみ、テープレコーダーを机《つくえ》に置いた。インタビューが始まって数分後にはレコーダーなど気にならず、ごくふつうにしゃべっていた。

「ジュールズから聞いたんだが、写真があるそうだね？」

「はい、スクラップブックに資料《しりょう》を集めてあります。持ってきましょうか？」

「ああ、それはすばらしい。おおぜいの読者に関心を持ってもらえるよ」

「だといいんですけど」

29 わたしのヒーロー

翌週《よくしゅう》の火曜日はどんよりと曇《くも》り、雨がふっていた。朝、いつもの場所で待ちあわせたとき、ジュールズはラップでぐるぐる巻《ま》きにした丸太のようなものを脇《わき》にはさんでいた。

「ケイティ、十七面に載《の》ってるわよ」と、丸太を指さす。

「えっ、ホント?」アニメのネズミのような、かんだかい声になった。

すぐに見たいが、雨で新聞紙が濡《ぬ》れてしまう。学校に着いてすぐにラップをほどき、机《つくえ》の上に新聞を広げた。

スポーツ欄《らん》に載《の》ると思っていたので、十七面をひらいて、驚《おどろ》いた。そこは『女性欄《じょせいらん》』で、下の隅《すみ》にグラブを持ったわたしの小さな写真が掲載《けいさい》されている。

〈地元の少女、野球界の知られざる史実を掘《ほ》りおこす

ルコント小学校の五年生、キャスリン(ケイティ)・ゴードンは、先日、〝わたしのヒーロー〟という研究プロジェクトを完成させ、担任《たんにん》のハーシュバーガー先生を驚《おどろ》かせた。ミス・

ゴードンが選んだテーマは、女子野球選手だったのだ。

そんなものは存在《そんざい》しない？　そう、世間の大半は、トニー・ストーン、ソフィー・クーリス、モード・ネルソンといった、輝《かがや》かしい経歴《けいれき》の女子選手を知らない。しかしミス・ゴードンと五分間話せば、その認識《にんしき》は改められるだろう。ミス・ゴードンはインタビューを重ね、手紙を書き、図書館の資料室《しりょうしつ》に分け入って、数十名の女子プロ野球選手の存在《そんざい》をつきとめたのだ。自身も優秀《ゆうしゅう》なピッチャーのミス・ゴードンは、今回のプロジェクトがなぜ重要なのか、確固《かっこ》たる意見を持っている。

「女子野球選手は、昔からずっと野球界に存在《そんざい》していた。しかし記録がないせいで、忘《わす》れさられてしまった。野球はアメリカを代表するスポーツであり、アメリカは平等な機会をあたえられる国のはず。歴代の女子選手の扱《あつか》いは、あまりにも不公平だ」

ケイティ・ゴードンという優《すぐ》れた生徒のおかげで、歴代の女子野球選手は、ふたたび脚光《きゃっこう》をあびようとしている〉

始業ベルが鳴ったので、十七面の下半分が表に出るよう、新聞を雑誌《ざっし》サイズにまで折りたたみ、時事問題の授業《じゅぎょう》でさっそく手をあげ、新聞をかかげた。

「先生、今日のバークレー・ガゼット紙、十七面です」

「ん？」と、先生が顔をしかめた。「十七面になにかあるのか？」

「はい、わたしの記事が載《の》ってるんです。先生も載《の》ってます」

「ぼくも？」先生が不思議そうな顔をし、わたしの机《つくえ》までやってきた。「見せてくれないか？」

新聞をわたし、記事を読む先生の顔を見つめた。驚《おどろ》いてまゆをあげた先生の顔に、じょじょに笑《え》みが広がっていく。「じつに、すばらしい……ミス・ゴードン」

クラス中の視線《しせん》が、わたしに集中した。

「ケイティ、みんなのために読みあげてもいいかな？」

「はい」

先生は壁際《かべぎわ》に立って、記事を読みあげた。

休み時間、霧雨《きりさめ》がふっていたので外に出る者はなく、記事を見たがるクラスメートがわたしの元へ殺到《さっとう》した。有名人になったみたいで、こそばゆい。新聞がくしゃくしゃになってしまったので、ママにもっと買ってもらおうと思った。

昼休み、今度はハーシュバーガー先生が新聞を貸《か》してくれといってきた。職員室《しょくいんしつ》に持っていきたいという。

「うちの生徒が新聞に載《の》るなんて、そうあることじゃないからね」

放課後は、家にたどりつくまで三十分もかかった。ジュールズも自分のクラスで新聞記事の話をしたせいで、そのクラスの子とその兄弟までもが、記事を見せてくれといってきたのだ。帰宅《きたく》すると、ダイニングテーブルにガゼット紙が大量に積んであった。ジュールズのママが、うちのママに、記事のことを電話で知らせたにちがいない。ママは、新聞を送る相手のリストをせっせと作っていた。おばあちゃんとスーズとバブスおばさんに一部ずつ、パパとデューイに二部送るつもりらしい。わたしもスクラップブック用に一部、リトルリーグに送るために一部もらった。ママは額縁《がくぶち》をふたつ買ってきて、大学のオフィスとダイニングの壁《かべ》に飾《かざ》ろうといいだした。さらに他人に見せてもぼろぼろにならないよう、運転免許証《めんきょしょう》のようにラミネート加工をほどこしたものも二部、作るつもりらしい。

数日後、記事の切り抜《ぬ》きを便箋《びんせん》に貼《は》って、リトルリーグに長い手紙を書いた。女子選手は五十年以上も前から確実《かくじつ》に存在《そんざい》したので、わたしがプレーできない理由はないと説明し、選抜試験《トライアウト》に合格《ごうかく》した点を踏《ふ》まえて考えなおしてほしいと訴《うった》え、最後のページに研究レポートをクリップで留《と》めた。

そして、期待をこめて郵便局《ゆうびんきょく》から発送した。一九五八年のリトルリーグのシーズンは、あと数週間で始まる。それまでに、リトルリーグから良い回答が来ることを祈《いの》るしかない。

待ちに待った返事は、十日後にとどいた。またしても、封筒《ふうとう》は薄《うす》い。今回はペーパーナイフを使わず、引き裂《さ》いてあけた。

さすがに今回は、考えなおしているはずだ。あれだけ大量の〝弾《たま》〟を撃《う》ちこんだんだし――。

しかし、結論《けつろん》は変わらなかった。女子は対象外、野球は男子のスポーツなど、ひたすら前回のくりかえしだ。だが、わたしの手紙を読んでいないのでは、とうたがいはじめたそのとき、最後の一節が目にとまった。

『若者《わかもの》が野球の歴史に興味《きょうみ》を持ってくれるのは、喜ばしいことであります。そこであなたの情報《じょうほう》をもとに再検討《さいけんとう》した結果、次回の理事会（一九五九年十月十九日に開催《かいさい》予定）で、リトルリーグのルール変更《へんこう》を議題にとりあげることにしました。もし第三条《じょう》のG項《こう》について提案書《ていあんしょ》を出すのであれば、次回理事会できちんと検討《けんとう》します』

一九五九年？　わたしは、中学生になっている。リトルリーグがすべてのルールを変えないかぎり、年齢制限《ねんれいせいげん》に引っかかってしまう。

女子野球選手と野球界のルールについていろいろ学んだので、リトルリーグの手紙に、いまさら驚《おどろ》かなかった。心の奥底《おくそこ》に抱《いだ》いていた淡《あわ》い期待も、完全に消えた。もう、わたしがリトルリーグでプレーすることは、永遠《えいえん》にない――。

全身の空気が抜《ぬ》けた気分で、ソファーにへなへなと座《すわ》りこんだ。数分後、クッションに拳《こぶし》を打ちつけた。ママが家にいないので、汚《きたな》い言葉を大声でさけび、またクッションをパンチする。座《すわ》りなおし、リトルリーグの手紙を再読《さいどく》した。ばかばかしいにもほどがある！　くしゃくしゃに丸めかけたが、やめた。リトルリーグの主張《しゅちょう》は、どう考えてもまちがっている。いずれリトルリーグもそのことに気づいて、女子に門戸を開くかもしれない。そのときには、この手紙も、野球界の貴重《きちょう》な歴史の一ページとなる。

二階に上がり、手紙をスクラップブックの最後のページに貼《は》りつけた。

二日後、ジュールズと屋根裏《やねうら》で遊んでいると、下で電話が鳴った。

「ケイティ！　電話よ！」ママの声がインターホンから流れてくる。

「すぐにもどるね」とジュールズにことわり、せまい階段《かいだん》をかけおりて、電話に出た。

「もしもし？」

「キャスリン・ゴードンかな？」聞きおぼえのない男性《だんせい》の声がした。

「はい、ケイティです」

「やあ。ぼくは、ニック・ウィンターズ。ガゼット紙のスポーツ記者だよ」

また、インタビュー？　わくわくする！

「ご用件《ようけん》は、なんでしょう？」大人びた口調で答えた。

「いやいや、用件《ようけん》というより提案《ていあん》だよ。ラルフ・バーグから、きみの研究レポートの話を聞いたんだ。すばらしいじゃないか。じつにすばらしい。きみ自身、優秀《ゆうしゅう》なピッチャーなんだってね」

「はい、いちおう、近所では」

「ぼくも、草野球から始めたよ。これもラルフから聞いたんだが、きみは往年《おうねん》の女子選手にインタビューをして、写真や手紙を持っているそうだね。いやあ、れっきとした調査報道《ちょうさほうどう》だよ。きみ、ジャーナリストになる気はないかい？　スポーツ記者とか？」

「いえ……考えたこともないです」

「まあ、そうだよね。じゃあ、一日だけ、新人レポーターに挑戦《ちょうせん》してみないか？」

「それは、オフィスにお邪魔《じゃま》して、お手伝いするってことですか？」

「いや。取材だよ」クックックと笑う声がした。「シールズ・スタジアムでの取材。じつはジャイアンツが、パレード直前の午前中に、マスコミの取材に応《おう》じることになっていてね」

「うわあ！」興奮《こうふん》のあまり、言葉につまってしまった。「い……いつですか？」声をしぼりだして、質問《しつもん》した。

「十四日の月曜日。九時きっかりに、家に迎《むか》えに行くよ」

一気に心が沈《しず》んだ。「無理です。学校があるんで」

すると、笑い声が聞こえてきた。「ハハハッ、もう、お母さんに話をつけてある。すてきなママだね。理解《りかい》してくれたよ。当日、ずる休みするのは、たぶんきみだけじゃないと思うよ」

「はい、わかりました」少し考えて、つけくわえた。「あの、なにを着ていけばいいですか？」

学校の制服《せいふく》とか、きれいなドレスとか、いいませんように——。

「キャッチボールができるズボンかな。ひょっとしたら、ひょっとするかもしれないよ。あと、グラブも忘《わす》れないように。ウィリー・メイズと顔見知りなんだ。サインをもらってあげるよ」

30 スタジアムの女王

前日の日曜の夜は、興奮《こうふん》して寝《ね》つけなかった。外がうっすらと明るくなると、さっそくベッドを出て着がえた。長袖《ながそで》のシャツの上にシールズのジャージ、いちばんきれいなブルージーンズ、スニーカーにキャップをかぶる。

一階におりて、ママを起こさないよう、静かにトーストとオレンジジュースを用意した。キッチンを行ったり来たりし、八時になると外に出てピッチングをすることにした。

まだ少し水たまりが残っていたが、芝《しば》はぐしょぬれではない。的に向かって軽く投げるうち、リズムをつかみ、ストレートやカーブ、ナックルを本気で投げはじめた。

もう一球、ナックルを投げたとき、赤いオープンカーがやってきた。ヒューッと低い口笛の音が聞こえた。

「すごいなあ」車から、ひとりの男性《だんせい》がおりてきた。髪《かみ》はブロンド、がっしりとした体形で、ママより若《わか》そうだ。Yシャツとネクタイの上に、チェックのジャケットを着ている。「やあ、ニック・ウィンターズだ。いまの球、もう一度見せてくれないかい？」

「いいですよ」

バケツに残った最後のボールを持ち、縫《ぬ》い目をさぐって投げ、ほぼ無回転の球を投げた。

「いやあ、ラルフのいうとおりだ。きみは、優秀《ゆうしゅう》なピッチャーだよ」

ミスター・ウィンターズはわたしと握手《あくしゅ》し、球ひろいを手伝ってくれた。

そのとき、ママが家から出てきて、行ってらっしゃい、とわたしの肩《かた》を軽くなでた。「楽しんでらっしゃい。バブスおばさんが、うらやましくてたまらないって伝えてくれって」

車の幌《ほろ》をあけて、ベイブリッジをわたった。空にはふわふわの雲が浮《う》かび、海にはヨットが何艇《なんてい》も滑《すべ》るように進んでいる。文句《もんく》なしに気持ちのいい日だ。ミスター・ウィンターズとは、野球談議で盛《も》りあがった。

シールズ・スタジアムの近くに車をとめた。スタジアムは深緑色に塗《ぬ》りかえられていたが、看板《かんばん》は〈シールズ・スタジアム〉のままだ。

「明日までに、〈ジャイアンツ・スタジアム〉に変えるんですか？」

「いや。ここは一シーズンしか使わないし、スタジアムを新設《しんせつ》している最中だから、看板《かんばん》はそのままだよ。過去《かこ》と未来の懸《か》け橋、ってところかな」

ミスター・ウィンターズが警備員《けいびいん》に記者証《きしゃしょう》を見せ、いっしょに中に入った。すっかり見なれた光景だが、いつもと同じではなかった。スタジアムの構造《こうぞう》は変わらないが、色がちがう。どこもかしこも黒とオレンジだ。ペナントも、〈ジャイアンツ〉の文字と新しいロゴに変わっている。なんとなく、変装《へんそう》した親友を見ているような気分になった。

ミスター・ウィンターズのあとから階段《かいだん》を下りて、グラウンドに出た。周囲には、ジャイアンツの選手がおおぜいいた。筋肉質《きんにくしつ》の大きな選手たちが、泥《どろ》も芝《しば》の染《し》みもついていない真っ白なユニフォームに、ぱりっとした黒いキャップをかぶり、ジョークを飛ばしながらにこやかに談笑している。わたしはまわりより三十センチくらい背《せ》が低かったので、よく見えなかった。スーツやジャケットを着て帽子《ぼうし》をかぶった男性《だんせい》たちが、おおぜいの選手をとりかこんでいたのだ。その全員がノートかマイクかカメラを持っていて、数秒おきにカメラのフラッシュが光る。

ミスター・ウィンターズが説明してくれた。「マスコミが百名以上、押《お》しかけているんだ。こんな取材は、ワールドシリーズでも見たことがない。まちがいなく、野球史上に残る出来事だね」

ほどなく、場内アナウンスが流れた。「パレードの車は、一時間後に出発します。みなさん、あと一時間です」

「ほら、あそこ」と、ミスター・ウィンターズが指さした先に、ニグロリーグからメジャーリーグに移籍《いせき》した選手がいた。かの名打者、ウィリー・メイズだ。日陰《ひかげ》のダグアウトから出てきて、額《ひたい》をハンカチでぬぐい、紙コップからなにか飲んでいる。いまのところ、ひとりきりだ。

「会ってみたいかい？」

「はい、ぜひ」

つれだって、近づいていった。

「どうも、ウィリー。ニック・ウィンターズです。あなたに挨拶《あいさつ》したがっている、若《わか》いピッチャーを連れてきました」

ウィリー・メイズは、わからないくらいそっと、ため息をついた。座《すわ》ろうとしたタイミングで電話が鳴ったりすると、ママもそんなふうにため息をつく。次の瞬間《しゅんかん》、ウィリー・メイズはパッと切りかわって、愛想よくほほえんだ。

「やあ、ニック」かがみこんで、わたしにも挨拶《あいさつ》してくれた。「やあ、きみ。初めまして」

男子とまちがえているようだが、あえて訂正《ていせい》しなかった。「初めまして」少し考えて、つけくわえた。「少し前に、あなたのお友だちに会いました。トニー・ストーン、おぼえてますか？」

「ああ、トニーか」今度は、心底うれしそうにほほえんだ。「彼女《かのじょ》、どうしてる?」南部なまりのあるその声は、おだやかだった。

「元気にしてます。野球が恋《こい》しくてたまらないようすでした」

「だろうね」ウィリー・メイズが、わたしのグラブに気づいた。「きみ、ピッチャーかい?」

「はい」

「ほんと? うまいの?」

今度は、わたしがほほえむ番だった。「うちの近所では、わたしの球をだれも打てません」

「ほーう」ウィリー・メイズは考えこんで、バットを手にした。「質問《しつもん》に答えるのに飽《あ》きたし、少しつきあってくれないか。きみの決め球を見せてくれ」

「はい……」なんていったらいいか、わからない。「もう、ホントに、喜んで!」

ウィリー・メイズがまたほほえんで、大きな手をわたしの肩《かた》に置く。そのまま、ふたりでホームベースに向かった。あこがれのシールズ・スタジアムのホームベース! 雲の上を歩いているような気分だ。

「おーい、バルミー」と、ウィリー・メイズが声をかけた。「この子にボールをわたして、ウォーミングアップにつきあってやってくれないか」

七番のユニフォームを着た選手がうなずく。「ああ、いいよ」

ボールを受けとって、マウンドへ向かっていると、ウィリー・メイズにたずねられた。

「きみ、年齢《ねんれい》は？」

「十歳《さい》。十歳《さい》と六カ月です」

「そうか。リトルリーグのプレートの位置は、どこかな？」

「ホームベースから四六フィートです」四六フィートと思われる位置に移動《いどう》して、立った。

バルミー・トーマスが――ジャイアンツの先発キャッチャーだ！――位置につき、大皿くらいもある大きなミットを構《かま》える。何度か軽く投げるうち、腕《うで》がほぐれてきたので、ボールをにぎった。「もう、だいじょうぶです」

「よーし、思いっきり、来い！」ウィリー・メイズが、肩《かた》にバットをのせて構《かま》えた。

そこで、思いきり投げた。これまで数えきれないくらいやってきたように、グラブの中でボールを転がし、縫《ぬ》い目をさぐり、ボールをにぎる。ただし、今回の相手はあのウィリー・メイズだ。胸《むね》の高鳴りをおさえるために、二度、深呼吸《しんこきゅう》した。一生に一度のチャンスだ！

ほぼ無回転のナックルは、打者のウェストより高い位置で、ホームベースの真ん中を通過《つうか》した。ウィリー・メイズは驚《おどろ》いて、バットを振《ふ》りもしなかった。

ボールがパシッとミットにおさまり、バルミー・トーマスも目を見ひらく。

「ストライク」ミスター・ウィンターズの声がした。

ウィリー・メイズは首を振《ふ》り、いったんバッターボックスを離《はな》れ、バットをトントンとスパイクに当てた。「いまのを、もう一回、見せてくれ」

次のナックルもほぼ無回転で、今度は打者の膝元《ひざもと》へとカーブして落ちた。ウィリー・メイズはバットを思いきりふり、カーン、とボールに当たる大きな音がした。いきおいよく宙《ちゅう》をよぎり、観客席へと飛んでいくボールを、その場にいあわせた全員が目で追った。ボールは、白いポールのすぐ外を通過《つうか》した。

「ファウル」カメラを持った男性《だんせい》の声がした。見れば、ネクスト・バッターズ・サークルに、記者と選手がおおぜい集まっていた。

「ツーストライク」と、別の男性《だんせい》がいう。

「よーし、三度目の正直だ」と、ウィリー・メイズは足で土をこすると、わたしの動きに目を光らせ、やや足を開いて構《かま》えた。

ゆっくりと深く息を吸《す》い、ボールを親友のようにやさしく手に抱《つつ》みこんで、投げた。不規則《ふきそく》に変化する無回転のボールが、ユニフォームの胸《むね》の〈ジャイアンツ〉の文字と同じ高さでプレートを通過《つうか》する。

ウィリー・メイズのバットは、空を切った。

数秒間、時間がとまった。全員、身じろぎもせず、こっちを見つめている。

と、ミスター・ウィンターズの声がした。「おいおい、ウィリー・メイズを三振《さんしん》にしとめたぞ」

ウィリー・メイズがバットを置き、こっちへ近づいてきた。しかもとちゅうで、わたしに敬《けい》意《い》を表して、キャップを脱《ぬ》いだ！

わたしは顔がちぎれるんじゃないかと思うくらい、満面の笑《え》みを浮《う》かべて、ウィリー・メイズを待った。

「将来《しょうらい》、きみは優秀《ゆうしゅう》な選手になれる。たのむから、ドジャーズには入らないでくれよ、な？」

わたしは、声をあげて笑った。「はい、約束します」

「きみのような剛腕《ごうわん》にこそ、野球の未来がかかっている」ウィリー・メイズは、わたしのシールズのジャージを見た。「でも、きみはまだ過去《かこ》を着ているね」と、スーツ姿《すがた》の男性《だんせい》のほうをふりかえって合図する。

その男性《だんせい》はウィリー・メイズになにか耳打ちされると、クラブハウスのほうへ向かっていった。

ウィリー・メイズにナックルについて質問《しつもん》されたので、ボールの持ち方や縫《ぬ》い目の位置、指の形について説明した。すると、さっきのスーツの男性《だんせい》が、白い包みをひとつ抱《かか》えてもどってきた。「ウィリー、はい、どうぞ」

ウィリー・メイズは礼をいって、こっちを見た。「きみは、まだバットボーイができる年《ねん》齢《れい》じゃない。でも、これを着てくれたらうれしいよ」と、ジャイアンツの新品のジャージとキャップをさしだした。

「えっ、あの……こ、光栄です」シールズのジャージを脱《ぬ》いで着がえ、サンフランシスコ・ジャイアンツのファンになった。いっせいにたかれたフラッシュが、明るい青空に白く輝《かがや》く。

「きみ、名前は？」ひとりの記者がさけんだ。

とっさに、ケイシー、と答えそうになった。が、忘《わす》れさられた歴代の女子選手のことが、頭をよぎった。

「ケイティ。ケイティ・ゴードンです」シールズのキャップを脱《ぬ》ぐと、そよ風に髪《かみ》がなびいた。ショートカットだが、女子だとわかる。

「こりゃあ、たまげた！」ウィリー・メイズは信じられんと首を振《ふ》り、声をあげて笑いだした。

「トニーは、さぞかし、喜んだだろうなあ」

わたしはにっと笑い、まわりじゅうで写真をとるパチパチという音を意《い》識《しき》しながら、黒いジャイアンツのキャップをかぶった。

「パレードの準備《じゅんび》まで、あと十五分。みなさん、移動《いどう》をお願いします」場内アナウンスが響《ひび》き、記者たちがノートをしまい、コートと帽子《ぼうし》を持って、出口へ向かっていく。

ウィリー・メイズはグラウンドの芝《しば》に立ったまま、動かなかった。ウィリーのためなら、きっとパレードのほうが待ってくれる。「バルミー、さっきのボールを投げてくれ。ニック、ペンをいいかな？」

ウィリー・メイズはニック・ウィンターズから万年筆を受けとると、キャップをかぶったわたしの頭の上にボールを置き、サインしてくれた。そして、じゃあな、と軽くうなずいて、パレードカーのほうへ軽《かろ》やかに走っていった。

ミスター・ウィンターズと中心街へ車で移動《いどう》し、エクザミナー誌《し》のオフィスの窓《まど》からパレードを見た。ジャイアンツのパレードを一目見ようと、おびただしい数の人々《ひとびと》が大通りの両側を埋《う》めつくしていた。紙吹雪《かみふぶき》が舞《ま》い、スーツ姿《すがた》の男性《だんせい》やTシャツの子どもたちが、〈ようこそ、ジャイアンツ〉と英語やスペイン語、中国語や日本語で書かれたプラカードをかかげている。見たこともない規模《きぼ》の大観衆《だいかんしゅう》だ。

最後の一台まで通りすぎるのを見とどけてから、腰《こし》をおろした。そして膝《ひざ》にサインボールを置き、口癖《くちぐせ》をもじって〈セイ・ヘイ・キッド〉というニックネームをつけられたウィリー・メイズの、青インクの魔法《まほう》のサインをそっとなぞった。

〈スタジアムの女王、ケイティへ　セイ・ヘイ！　ウィリー・メイズ〉

31 未来へのバトン

それからの一週間、クロニクル紙のスポーツ欄《らん》をチェックしたが、自分の写真が載《の》ることはなかった。世の中は、そんなことにかまっていられないほど、忙《いそが》しいのだ。ミスター・ウィンターズがウィリー・メイズとの写真を引きのばして送ってくれたので、スクラップブックにはさんでおいた。

ジュールズとピーウィーとチップにはサインボールを見せたが、学校には持っていかなかった。ずる休みをしたわけだし、見せびらかすようで気が引ける。

四月の最終土曜日――。九時過《す》ぎに起きて、ジーンズとジャイアンツのジャージを着た。ジャージは二度着たが、家の中で着ただけなので、まだ白くて、染《し》みひとつない。

一階におりて、新聞のマンガを読み、スポーツ欄《らん》に目を通した。金曜の試合では、二対〇でジャイアンツがカブスに勝っていた。朝食後、グラブをはめ、手になじませてから、黒いジャイアンツのキャップをかぶった。

「今日はゲーム？」クロスワードパズルをしていたママが、こっちへ顔をあげた。

「うん、二時くらいまで。そのあと、いったん帰ってきて、きれいな服に着がえて、ジュールズのピアノを聴《き》きに行く。約束したんだ。おたがい、ピアノを聴《き》きに行ったり、野球のプレーを見たりしようって」

「あら、いいじゃない」

「うん。ジュールズとは、ささえあうって約束したんだ……。先週は雨がふらなかったから、空き地はどろどろじゃないよね。アンディは、十時半ごろに行くっていってた」といって、立ちあがった。「だれか、キャッチャーになってくれるといいんだけど」

「あら、ピーウィーは？」ママが、アルファベットを入れ替《か》えて単語を作るゲームにとりかかった。

「今日はリトルリーグの試合なんだって」

「そう」ママがペンを置き、メガネの縁《ふち》ごしにこっちを見た。「ケイティ、だいじょうぶ？もやもやしてない？」

わたしは肩《かた》をすくめた。「うーん、どうかな」

ママが片方《かたほう》のまゆを吊《つ》りあげた。もっとちゃんと答えろという、教授《きょうじゅ》らしい合図だ。

「えぇっとね……ピーウィーには、ピーウィーの未来がある。それを応援《おうえん》しないなんて、友だちとして最低だよね？」

ママがうなずく。

「それにね、ピーウィーから聞いたんだけど、リトルリーグにはルールが山ほどあるんだって。試合のルールのほかにも、就寝《しゅうしん》時間とか、おやつのこととか、がんじがらめなんだって……。それでも、女子が入れないっていうのは、しゃくにさわるけどね」朝食の皿を流しに運んだ。「プレーできるって証明《しょうめい》したのに、無視《むし》するなんて。いいかげんにしろ、だよね。わたしと同じくらい優秀《ゆうしゅう》な女子は、ほかにもおおぜいいると思う」

「同感ね」

「でもね、ママ。もしリトルリーグにすんなり入れていたら、なんにも知らないままだった」

それで？　とばかりに、ママがこっちを見る。

「ママ、去年の秋にいったよね？　行動には結果がともなうって」

「ええ、いったわ」

「あのときは、リトルリーグに拒否《きょひ》されて、メチャクチャ腹《はら》が立っていた。でもね、もしリトルリーグに受けいれられていたら、図書館に通って、ジャッキー・ミッチェルの存在《そんざい》を知ることなんて、ぜったいなかった。トニー・ストーンに出会うこともないし、新聞に写真が載《の》ることもなかった」

「ええ、ママも、あなたからいろいろ教われなかったわね」

「あのシールズ・スタジアムで、ピッチャーをつとめることもなかったよね」グラブをつかんで、つづけた。「しかも、おおぜいの新聞記者の前で！　ピーウィーには無理だよね」

「それに、ここに至《いた》るまでに、女子と野球について、まわりの考えを変えられたんじゃない？」

「うん！　ママのいうとおり、闘《たたか》う方法は千差万別《ばんべつ》ってことよね」

「現状維持《げんじょういじ》じゃ、闘《たたか》えないわね」ママは、にこっとほほえんだ。「おばあちゃんが、よくいってた。だれかがフェンスを作っても、ママとバブスおばさんは、フェンスを乗りこえるか、ぶちやぶって進むだろうって。ケイティも、まちがいなく、その血を引いてるわ」そういって、ほおにキスしてくれた。

「ママ、そろそろ行くね」

「はいはい。ガツンとやってらっしゃい！」ママがキャップのつばを引っぱって、わたしの頭にしっかりかぶせた。

空き地まで、歩いていった。スパイクを履《は》いていると、いつも背《せ》が高くなった気がする。カツカッと音がして、スニーカーよりもかっこいい。

今日は、外で活動するのにもってこいの日だ。空は青く晴れわたり、庭先には花が咲《さ》き、枝《えだ》にはぽつぽつと緑の葉が見える。世の中が目ざめようとしているようだ。こんな日は、なにが起きてもおかしくない。

空き地にはすでにマイクとスティックスが来ていて、ホームベースのそばでキャッチボールをしながら、仲間が来るのを待っていた。

「よお、ゴードン」と、スティックスが声をかけてきた。「腕《うで》の調子はどう?」

「ちょっと、なまってる」

グラブをはめて、三人でボールを軽く投げあった。十分後にもうふたり来たのでノックをし、二カ月ぶりの野球のリズムをつかもうとした。

やがてチップともうひとりが、自転車で到着《とうちゃく》した。アンディも、弟をつれてやってきた。

「おれの弟、みんな、知ってるよな」

「いくつ?」マイクがたずね、アンディが答えた。

「八歳《さい》。プレーは無理だけど、フェンスのそばに立たせて、飛んできたボールをキャッチできたら、打たせてやってもいいかなって思ってる」

メンバーの弟は、暗黙《あんもく》の了解《りょうかい》で仲間に入れる。

わたしはマイクとともにキャプテンになった。チームメンバーとして、最初にチップを指名しようとしたそのとき、ふと、通りの向こうで、髪《かみ》をおさげにした女子がひとり、こっちを見ているのに気づいた。ジーンズにスニーカー、袖《そで》なしのシンプルなシャツを着て、脇《わき》にグラブをはさんでいる。

目があうと、その子は手を振《ふ》った。その場のルールがわからなくて、おずおずと振《ふ》っている。なんの用だろう？「みんな、ちょっと待ってて」とことわってから、歩道に出て、向かいにいる子に、おいで、と合図した。

すると、その子が驚《おどろ》いて目を見ひらき、「あたし？」と自分のことを指さした。うなずくと、その子は通りをわたり、少し離《はな》れたところでとまった。「あの……新聞に載《の》ってましたよね？　野球の女子選手として？」

「うん、まあね」

「ああ、やっぱり！」その子は、グラブを差しだした。「サインしてもらえませんか？　あなたは、あたしのヒロインなんです」

ワオ！　「いいわよ」顔がほてってきた。「あなたも、プレーするの？」

「もちろん」近くで見ると、年下だとわかった。四年生くらいか。「小さいけど、足が速いんで、ショートは得意です。キャッチャーもできますよ」

話しこむわたしたちを、メンバーの男子全員がながめている。

その子はメンバーのほうをちらっと見て、ため息をつき、「いとこが男の子ばかりなんで、わかってます」と、顔をしかめた。「あたしなんか、入れてもらえませんよね。入れてくれても、どうせ午後いっぱい、フェンスのそばにいるだけ……。でも、いいんです。あなたを見に来たので」

そんな――。わたしは、首を横に振《ふ》った。「今日は新しい子を入れてるのよ。レフトに。あなた、名前は？」

「ジェニーン。友だちには、ビーノって呼《よ》ばれてます」

「そう。わたしは、ケイティよ」握手《あくしゅ》しようと手を差しだしたら、ビーノはにこっと笑った。

「はい、知ってます」

「あっ、そっか」声をあげて笑った。「今日はわたしがキャプテンなの。じつは相棒《あいぼう》のキャッチャーを、リトルリーグにとられちゃって。ねえ、ためしに、やってみない？」

「えっ、いいんですか?」ビーノは、男子メンバーのほうへ首をかたむけた。「文句《もんく》、いわれませんか?」

「あの子たちなら、だいじょうぶ。それに、今日はわたしに指名権《しめいけん》があるし」ビーノの肩《かた》に腕《うで》を回した。「じゃあ、うちのチームに入って。いっしょにプレーしよう!」

読者のみなさんへ

ケイティ・ゴードンと家族、友だちはすべて架空《かくう》の人物ですが、ケイティが見つけた女子野球選手は実在《じつざい》の人物です。

映画《えいが》『プリティ・リーグ（原題 A League of Their Own 一九九二年）』が製作《せいさく》される前は、プロ野球でプレーした女子選手の存在《そんざい》を、だれも知りませんでした。映画《えいが》のおかげで全米女子プロ野球リーグは有名になりましたが、それ以外の女子野球の歴史は、いまなお歴史の中に埋《う》もれたままです。

女子選手がプレーした記録として一番古いものは、一八六六年、バッサー大学の試合です。ファンが入場料を払《はら》い、選手に給料が支払《しはら》われる、プロ野球としての記録は、一八七五年、イリノイ州スプリングフィールドで開催《かいさい》された、ブロンズ対ブルーネットの試合です。その後、七十五年間にわたって、女子選手はプロとしてプレーしつづけました。しかし二十世紀の初頭、男子のプロ野球が巨大《きょだい》ビジネス化し、野球がアメリカの国技《こくぎ》となると、野球は男子専用《せんよう》のスポーツとなっていきました。

その結果、女子野球選手の歴史は無視《むし》され、消去され、じょじょに忘《わす》れられていったのです。

一九五〇年、キャサリン・ジョンストンが、三つ編《あ》みにした長い髪《かみ》をばっさりと切り、野球帽《やきゅうぼう》をかぶり、ジーンズを着て、ニューヨーク州コーニングにあるリトルリーグの選抜試験《トライアウト》を、兄とともに受けました。キャサリンは、大好きなマンガキャラクターの名を借りてタビーと名乗り、見事、選抜試験《トライアウト》に合格《ごうかく》しました。そして数試合に出場したあと、じつは女子だとコーチに告白しましたが、コーチは気にしませんでした。そのくらい、名選手だったのです。

しかしチームメイトの親の中に問題視《もんだいし》する者がいて、リトルリーグの上層部《じょうそうぶ》にこのことを報告《ほうこく》しました。

当時、女子選手についてのルールはありませんでした。リトルリーグ関係者はだれひとり、野球をしたがる女子がいるなど、考えもしなかったのです。そこで一九五一年、リトルリーグは〈女子は対象外とする〉というルールを定めました。このルールは〈タビールール〉と呼《よ》ばれ、その後二十三年間にわたって効力《こうりょく》を持ちつづけたのです。

では、ルールが撤廃《てっぱい》されたきっかけとは、なんでしょう？

一九七二年、当時のリチャード・ニクソン大統領《だいとうりょう》は、タイトルIX《ナイン》という法律《ほうりつ》に署名《しょめい》しました。連邦政府《れんぽうせいふ》の補助金《ほじょきん》を受けている教育プログラムでは性差別《せいさべつ》を禁止《きんし》する法律《ほうりつ》です。適用範囲《てきようはんい》の広い法律《ほうりつ》ですが、一番有名なのは、大学の運動競技《きょうぎ》への影響《えいきょう》です。

タイトルIX《ナイン》以前の大学では、スポーツへの補助金《ほじょきん》のうち、女子スポーツにはわずか一パーセントしか配分されませんでした。ですがタイトルIX《ナイン》以後は、女子スポーツへの補助金《ほじょきん》が六百倍に増《ふ》えました。

リトルリーグは連邦政府《れんぽうせいふ》の補助金《ほじょきん》を受けていないので、タイトルIX《ナイン》の直接《ちょくせつ》の影響《えいきょう》はありませんが、女子選手に扉《とびら》がひらかれるきっかけとなったのです。

一九七三年、女子選手のマリア・ペペが、ニュージャージー州のリトルリーグで三回登板しました。それに対し、リトルリーグの上部組織《そしき》は、マリアを辞《や》めさせないと、チームをリトルリーグから脱退《だったい》させるとプレッシャーをかけました。〈女子は対象外〉としたわけです。

これに対し、NOW（全米女子機構《きこう》）がマリアの家族に連絡《れんらく》をとり、闘《たたか》う意思があることを確認《かくにん》したうえで、訴訟《そしょう》を起こしました。ニュージャージー州の市民権《しみんけん》に関する行政法判事《ぎょうせいほうはんじ》のシルビア・プレスラーの見解《けんかい》は、「リトルリーグは、ホットドッグやアップルパイと同じくらい、アメリカを代表するものだ。そのアメリカ代表の中で、リトルリーグだけが女子をしめだす理由は見あたらない」というものでした。

リトルリーグはこの判決《はんけつ》を不服として上訴《じょうそ》し、裁判《さいばん》はニュージャージー州最高裁判所《さいこうさいばんしょ》までもつれました。最終判決《はんけつ》が出るまで二年かかりましたが、最終的にリトルリーグは女子選手を受けいれるべく、ルール改定を余儀《よぎ》なくされました（マリア・ペペは、結審《けっしん》した時点でリトルリーグの年齢制限《ねんれいせいげん》を超《こ》えていましたが、二〇〇四年のリトルリーグのワールドシリーズの始球式でピッチャーをつとめています）。

こうしてリトルリーグは、一九七四年から女子を受けいれるようになりました。

ちなみに一九七四年、この本の主人公ケイティは、二十七歳《さい》になります。翌年《よくとし》、三万人以上の女子が、リトルリーグと契約《けいやく》しました。以来、リトルリーグのプログラムには一千万人以上の女子が参加し、二〇一八年時点で、リトルリーグの選手の七分の一を女子が占《し》めています。ただし大半は野球ではなく、ソフトボールの選手です。

とはいえ、有名な例外もあります。

一九四七年以来、リトルリーグの野球は、ペンシルベニア州ウィリアムズポートにあるスタジアムで、ワールドシリーズを開催《かいさい》しています。そのワールドシリーズで、二〇一四年、モネ・デイビスという選手が、女子選手としては十八人目（アメリカ人としては四人目）、アフリカ系《けい》アメリカ人では初の女子選手として登板し、なんと完封《かんぷう》試合を達成して、チームを四対〇で勝利に導《みちび》きました。ワールドシリーズ初の完封《かんぷう》試合を達成したうえ、初の女子勝利投手となったのです。さらにスポーツ専門雑誌《せんもんざっし》『スポーツ・イラストレイテッド』の表紙を飾《かざ》った、初のリトルリーグ選手にもなりました。

しかしメジャーリーグでは、いまだに女子選手はひとりもいません。

エレノア・エングルの契約《けいやく》は一九五二年に破棄《はき》され、女子選手はメジャーでもマイナーでもプレーすることが正式に禁止《きんし》されました。以来、プロ野球の独立《どくりつ》リーグのマイナーチームでプレーした女子選手は数人いますが、メジャーリーグに属《ぞく》するマイナーチームと契約《けいやく》した女子選手はひとりもいません。

女子選手との契約《けいやく》を禁止《きんし》するメジャーリーグのルールは、シカゴ・ホワイトソックスのマネージャー、ロン・シュエラーが娘《むすめ》のケアリーを四十三巡目《じゅんめ》でドラフト指名した一九九三年に解除《かいじょ》された、と主張《しゅちょう》する資料《しりょう》もありますが、ケアリーは契約《けいやく》に署名《しょめい》せず、試合にも出場しませんでした。

二〇一八年時点で、女子選手との契約《けいやく》を禁《きん》じるメジャーリーグのルールは、正式には破《やぶ》られていないことになります。

女子野球選手には、百五十年以上もの長い歴史があります。この本を読んだ女子のだれかが、もし女子野球の歴史を塗《ぬ》りかえる草分けになってくれたら、著者《ちょしゃ》としてこれ以上の喜びはありません。

二〇一七年一〇月

エレン・クレイジス

訳者《やくしゃ》あとがき

メジャーリーグは、日本人にも馴染《なじ》みのある存在《そんざい》となりました。イチロー、ダルビッシュ有《ゆう》、田中将大《まさひろ》、大谷翔平《しょうへい》、前田健太など、日本人選手も活躍《かつやく》しています。残念ながら女子のメジャーリーガーはまだひとりもいませんが、アメリカの女子野球にはじつは百五十年以上もの長い歴史があることを、本書は一九五〇年代の歴史もからめて、わかりやすく教えてくれます。

主人公ケイティ・ゴードン（十歳《さい》）は、野球が大好きな少女。ある日、ケイティのピッチングを見たリトルリーグのコーチから「入団《にゅうだん》テストを受けてみないか？」と誘《さそ》われます。そして剛腕《ごうわん》投手の能力《のうりょく》は認《みと》められたものの、別の問題が大きな壁《かべ》として立ちはだかります。

時は、一九五七年。公民権《こうみんけん》運動が盛《さか》んになり、ソ連との宇宙《うちゅう》開発競争が激化《げきか》するこのころ、女の子に対する世間の常識《じょうしき》とは、どのようなものだったのか？　それはリトルリーグのコーチの台詞《せりふ》（「もう少し大人になれば、ママのようになりたいって思うようになるよ」）や、ケイティの離《はな》れて暮《く》らす父親からの誕生日《たんじょうび》プレゼント（料理本）を見れば、想像《そうぞう》がつきますね。

それでもケイティは権力《けんりょく》に屈《くっ》することなく、正しいと信じた道を進もうと奮闘《ふんとう》します。思いがけない出会いから女子野球選手の存在《そんざい》を知り、歴史に埋《う》もれていた選手たちについて丹念《たんねん》に調べ、真実が少しずつ明かされていく過程《かてい》には、謎解《なぞと》きのような面白さがあります。

きっかけはリトルリーグでしたが、野球にとどまらず、人として正しく生きるとはどういうことか、善良《ぜんりょう》な市民となるにはどうするべきかを過去《かこ》から学び、ケイティがひと回りどころか、ふた回りも成長したことが実感できるラストは、まさに感動的です。

また、ケイティの母親も魅力的《みりょくてき》です。信念を貫《つらぬ》いて生きてきた母親は、ケイティの意思を尊《そん》重《ちょう》し、つねに娘《むすめ》の味方となり、困《こま》っていれば手を差しのべます。ですが、決して過保護《かほご》にはせず、あたたかく見守ります。現代《げんだい》にも通じる、理想の母親像《ははおやぞう》といえるでしょう。

女子メジャーリーガーが活躍《かつやく》する日が、いつか、きっと来る。そう信じて、いまからわくわくしています。

二〇一八年一〇月　　　　　　　　　　橋本　恵

その魔球に、まだ名はない

2018年11月30日　初版発行
2020年 4 月20日　3 刷発行
著者　エレン・クレイジス
訳者　橋本 恵
発行者　山浦真一
発行所　あすなろ書房
〒162-0041 東京都新宿区早稲田鶴巻町551-4
電話 03-3203-3350（代表）
印刷所　佐久印刷所
製本所　ナショナル製本

ISBN978-4-7515-2934-8　NDC933　Printed in Japan